텀블러 장편소설

FUSION FANTASTIC STORY

현대 천마록 6

텀블러 장편소설

초판 1쇄 찍은 날 § 2016년 11월 28일
초판 1쇄 펴낸 날 § 2016년 12월 5일

지은이 § 텀블러
펴낸이 § 서경석

편집책임 § 최지원

펴낸곳 § 도서출판 청어람
등록번호 § 제387-1999-000006호
등록일자 § 1999. 5. 31
어람번호 § 제1-2574호

주소 § 경기도 부천시 원미구 부일로 483번길 40 서경B/D 3F (우) 14640
전화 § 032-656-4452 팩스 § 032-656-4453
http://www.chungeoram.com
E-mail § chungeorambook@daum.net

ISBN 979-11-04-91069-2 04810
ISBN 979-11-04-90912-2 (세트)

텀블러 장편소설

FUSION FANTASTIC STORY

현대 6
천마록

도서출판 청어람

차례

C O N T E N T S

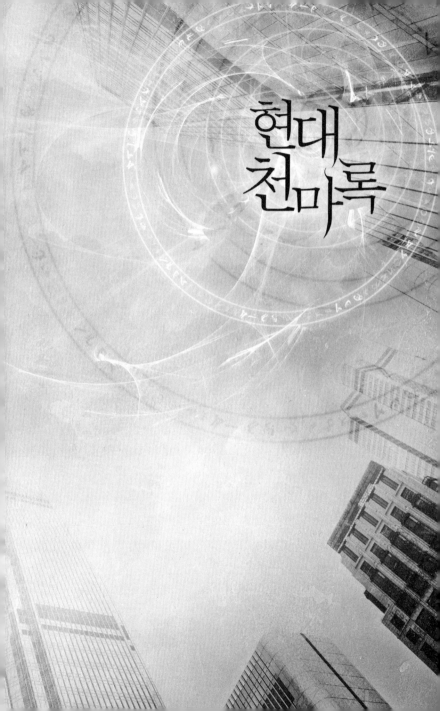

제1장
심각한 문제

　자운대 수렵 사령부 대책 회의 본부에 무거운 분위기가 감돌고 있다.

　7개 군부의 수장들은 세계 최고의 몬스터 해부학자 정도윤에게 통칭 '레비아탄'에 대해 물었다.

　"그 레비아탄이라는 괴물이 도대체 얼마나 크다는 겁니까?"

　"직경 100m에 몸길이가 10㎞가 조금 넘습니다."

　"…무슨 고속도로야? 무슨 몬스터가 그렇게 커요?"

　"놈이 어디서 왔는지, 왜 왔는지 아무도 모릅니다."

　"그럼 A―11이나 S―11과 동급이라는 건가요?"

"어쩌면 그 이상일 수도 있지요."

"흠……."

"제보에 의해 미군 첩보 위성을 띄워 레비아탄의 사진을 찍었습니다. 사진을 순서대로 한번 보시지요."

프로젝터에 레비아탄의 사진을 띄우자, 각 수장들의 표정이 가감 없이 일그러졌다.

"수룡… 물에 사는 용처럼 생겼군."

"그렇습니다. 현재까지 밝혀진 바에 의하면 놈은 전기를 다룰 줄 알고 물을 이용할 줄 안다는 겁니다. 또한, 태풍과 소용돌이를 동반하는 것으로 미뤄봤을 때엔 날씨도 조종할 수 있는 것 같습니다."

현재 레비아탄의 또 다른 이칭은 몬스터 계의 '용왕'이다.

그 정도로 레비아탄의 신체 능력과 공격 수단은 타의 추정을 불허할 정도고 대단한 것이었다.

정도윤은 놈의 사진에 줄자를 가져다 댔다.

"보십시오. 처음 찍힌 사진은 일주일 전 사진입니다. 이 줄자는 축적 1 : 100,000으로 표시되지요."

이윽고 그는 또다시 사진을 넘겨 일주일 후의 사진을 꺼내들었다.

"이건 최근 사진입니다. 10.1㎝가 되었군요."

"뭐, 뭐야? 놈이 아직도 자라고 있다는 뜻입니까?"

"이놈은 먹는 족족 자라납니다. 그리고 진화를 거듭하지요."

"허, 허어!"

"그렇다면 저놈이 S—11이나 A—11을 사냥하는 날엔……."

"날개가 달리거나 수면 위로 올라올 수 있을 수도 있지요."

정도윤의 주장에 따르자면 레비아탄의 등장이 지구를 멸망으로 이끌고 갈 수도 있었다.

군부의 수장들은 수렵 전문가인 화수에게 레비아탄의 저지에 대해 물었다.

"수렵 전문가의 의견을 한번 들어봅시다. 강화수 대령, 어떻게 생각하십니까? 저놈을 잡을 수 있는 방법이 있겠습니까?"

순간, 군부는 물론이고 전문가들의 이목이 화수와 야차 중대에게 집중된다.

화수는 조심스럽게 입을 열었다.

"제 경험상으로 저런 놈을 잡으려면 직접 부딪쳐서 약점을 찾아내는 수밖에 없습니다."

"하지만 저놈은 얼마 전에 해치웠던 혼돈이나 레서 블랙 드래곤과는 차원이 달라요. 맞붙으면 분명 죽을 겁니다."

"그렇다면 차선책을 생각해야겠군요."

"차선책이요?"

"놈의 몸 안으로 침투하는 거지요."

"……!"

"제아무리 괴물 같은 놈이라곤 해도 제 몸속으로 쳐들어온 누군가를 어찌할 수는 없을 겁니다. 인간을 예로 들어봅시다. 우리는 눈에도 보이지 않는 작은 세균 하나, 바이러스 하나에 감염되어 삶을 마감하곤 합니다."

"우리가 놈을 죽이는 세균이 되자는 겁니까?"

"예, 그렇습니다. 심장을 때려 부수든 뇌를 파먹든, 확실한 수를 내야 합니다."

"하지만 그게 가능하겠어요?"

"해부학적 지도만 있다면 충분히 가능합니다. 물론, 목숨을 걸어야겠지요. 하지만 그만한 가치는 있다고 생각합니다."

군부의 수장들이 정도윤에게 이번 작전에 직접 투입할 것을 제안했다.

"박사님, 박사님께서 도움을 주십시오. 안 그러면 우리로서도 어쩔 도리가 없습니다."

"물론 함께할 것입니다. 다만, 이번 작전을 수행하자면 필요한 것이 꽤 많을 겁니다. 여러분들께서 많이 도와주십시오."

"그건 걱정하지 마세요. 우리가 다 알아서 하겠습니다."

사상 최초로 몬스터 엑스레이 촬영이 단행되었다.

*　　　　*　　　　*

나흘 후, 나사에서는 엑스레이 촬영을 위한 일회용 인공위성을 제작하여 발사 준비를 마쳤다.

해당 위성은 광범위 엑스레이를 촬영할 수 있도록 설계되어 있어 레비아탄 촬영에는 최적화 되어 있다고 볼 수 있었다.

일회용 인공위성 연구, 운용팀장 마이클 타이너스는 작전에 참여할 화수에게 운용과 개요에 대해서 설명하였다.

"레비아탄을 물 밖으로 끌어내어 촬영합니다. 사진상으로는 거의 신체의 대부분이 물 밖으로 나왔던 것 같더군요. 점프력이 좋으니 전신을 촬영하기엔 아주 제격일 겁니다."

"물 밖으로 끌어낸 이후엔 어떻게 해야 합니까?"

"그냥 도망을 치시면 됩니다. 딱히 그곳에서 어떠한 행동을 하는 것보다는 빨리 치고 빠지는 것이 상책인 셈이죠."

레비아탄이 물 밖으로 나올 때마다 거대한 소용돌이와 태풍을 몰고 왔던 것을 생각하면 도망조차 쉽지 않을 터였다.

마이클은 화수에게 도망칠 궁리를 하는데 도움이 될 만한 조언을 해주었다.

"공수양용 헬기를 사용하세요."

"그런 물건이 있습니까?"

"듣기론 영국에서 개발하여 시연 단계에 있다고 하더군요.

잠수와 비행, 주행, 항해까지 가능한 전천후 헬기입니다. 이것만 있어도 확률이 꽤 증가할 겁니다."

"영국군이라."

"이미 제가 언질은 해두었습니다. 그래서 당장 작전에 사용할 수 있도록 준비를 마친 상태이지요. 그쪽에서도 야차 중대가 사용한다고 하니 기꺼이 내어준다고 하더군요."

"감사합니다. 이렇게 신경을 써주시다니."

"아닙니다. 당신들이 실패하면 지구가 망하는데 이 정도는 아무것도 아니죠. 그리고 목숨을 걸고 싸우는 당신들에게 투자하는 것이 아깝다면 지구를 떠나야지요."

그는 태하에게 두 번째 선물을 선사하였다.

"우리 나사에서 이번에 개발한 멀티플 런쳐가 있습니다. 한번 보시겠습니까?"

"멀티플 런쳐요?"

"아직 비공식이긴 하지만 현재 우리가 가용할 수 있는 모든 것이 들어 있지요."

마이클 타이너스는 화수를 나사의 무기 실험장으로 안내하였다.

이곳에선 미국이 전쟁에서 사용하는 모든 기술력 테스트가 이뤄지는데, 여기서 적합 판정을 받으면 실전에 배치된다.

연구소에서 비공식이라는 말을 사용했다는 것은 실전 배치

에 적용되지 않는다는 뜻이거나 이 물건이 그만큼 대단하다
는 것이었다.

대략 100평 남짓한 크기의 소형 연구실에 당도한 화수는 2미
터짜리 기관총과 마주하였다.

"이 머신건이 바로 멀티플 런쳐입니다. 소형 탄환이나 탄두
는 장전이 불가능하지만 중대 이상의 화력지원부터 사단급 무
기까지 사용기 가능하지요."

"사단급 화력지원이라면 꽤 범위가 크다는 소리 아닙니까?"

"물론입니다."

거치대에 놓인 멀티플 런쳐는 총 15개의 총구와 약실, 그리
고 몬스터 코어로 만들어진 동력 장치가 달려 있었다.

대략 35kg에 달하는 엄청난 무게를 자랑하지만 몸에 직접
적으로 밀착되는 견착기기가 내장되어 있어 신속하고 정확한
사격이 가능했다.

마이클 테이너스는 거치대에 놓인 총의 주요기능에 대해 설
명했다.

"보시는 바와 같이 15가지의 무기를 사용할 수 있고 그중
에서도 꽤 많이 세분화된 종류의 공격이 가능합니다. 이를 테
면……"

격발 손잡이에 달린 안전장치를 제거하자, 총기의 중앙 통
제장치가 작동하였다.

삐빅!

attack mode confirm

중앙 통제장치는 격발 손잡이 바로 위의 작은 액정으로 표시되어 사격을 도와주는 기능을 해주었다.

마이클 테이너는 사격 모드 선택에서 1번을 눌렀다.

mode 1. heavy machine gun

사격통제장치는 사격 모드를 결정하면 알아서 탄환을 장전시키고 디지털 조준장치를 조율해 준다.

모드 1번은 다구경 호환이 가능한 중기관총으로, 분당 5천 발의 최대 발사 속도를 가지고 있다.

"지금 보시는 이 1번 모드에서는 대구경 호환이 가능한 중기관총을 사격할 수 있습니다. 중앙 통제장치는 대공사격과 대지사격, 대물, 대인, 참호 기지 파괴까지 여러 가지 기능을 지원합니다. 물론, 탄환을 선택하는 사수의 능력이라 할 수 있지요. 적절한 사격이 전술의 기본이니까요."

"그렇군요."

이윽고 그는 사격을 개시하였다.

딸깍!

글러브 형식으로 된 격발 손잡이는 발사 속도를 제어하고 강도, 탄환 종류 변환, 모드 일제 변환 등이 가능했다.

마이클이 사격을 명령하자, 머신건이 엄청난 속도로 불을 뿜기 시작한다.

드르르르르르르르륵!

표적은 거의 벌집이 되어버려 형체를 알아보기 힘들었다.

"대, 대단하군요."

"이 밖에 다른 기능들도 많습니다."

그는 그 자리에서 모드를 바꾸어 화염방사기를 꺼내 들었다.

철컥!

화염방사기는 전방 50미터 앞의 목표물을 타격할 수 있도록 압축가스를 사용하는 것이 특징이었다.

쐐에에에에엥!

압축된 가스가 불을 만나 길고 강렬한 불기둥을 만들어냈다.

마이클은 표적을 불태운 후에 곧바로 다시 모드를 변경시켜 압축 냉동 분사기를 꺼내 들었다.

철컥!

"불을 냈으니 잡아야죠?"

"……?"

냉동 분사기는 질소 가스를 사용하는 냉동 무기다.

끼이이잉, 쏴아아아아!

압축된 질소 가스가 직선으로 뻗어나가면서 표적에 붙은

불을 끄고 그 주변을 몽땅 얼음 천지로 만들어 버렸다.

태하는 이 엄청난 무기를 두 눈으로 직접 바라보고 있으면서도 믿을 수가 없었다.

"대, 대단하군요."

"하지만 아직 놀라긴 이릅니다."

그는 무기의 화룡점정을 찍는 레이저 런쳐를 꺼내 들었다.

끼릭!

레이저 런쳐는 미국이 몬스터 코어 발전기를 개량하여 만들어냈는데, 광선으로 표적을 제거하는 신무기라 할 수 있었다.

마이클 테이너스는 눈앞의 표적에 압축된 레이저를 발사하였다.

피융!

그러자, 표적이 흔적도 없이 사라져 버렸다.

펑!

"허, 허억!"

"레이저 런쳐는 단발 공격도 가능하지만 연속 사격도 가능합니다."

"이런 엄청난 기술력을 가지고 있을 줄이야……."

"이 밖에도 지대지, 지대공, 소형 다련장 미사일과 유도미사일도 사격이 가능합니다. 무게가 좀 무겁다는 것 빼곤 거의 완벽에 가까운 무기라 할 수 있지요."

"흐음, 그렇군요."

그는 멀티플 런쳐를 운용하기 위한 주변기기들까지 전부 화수에게 넘겨주었다.

"안면에 착용하는 안경형 조준기와 상반신과 허리 등에 걸쳐 연결되어 있는 견착기기는 필수 요소입니다. 탄환이나 탄두는 우리가 무제한으로 지원합니다. 그러니 작전을 반드시 성공으로 이끌어주십시오."

"최선을 다해보겠습니다."

태하는 마이클 테이너스의 정성 어린 선물을 받곤 곧바로 한국으로 향했다.

                    *   *   *

이틀 후, 영국군은 야차 중대에게로 전천후 전술 헬기를 보내주었다.

'드라카르'라는 이 전술 헬기는 바이킹 정신을 이어받아 만들었다고 하여 위와 같은 이름이 붙었다.

바이킹이 타고 다녔던 전술함의 이름인 드라카르는 영국이 지향하는 바이킹 정신을 잘 반영한다고 볼 수 있었다.

영국군은 야차 중대에게 드라카르를 헌납하기 위해 내부기기의 모든 언어와 명령어를 한국어로 바꾸어주었다.

세계에 단 한 대뿐인 영국군의 희대의 발명품에 한국의 언어가 실리게 된 것이었다.

화수는 이제 야차 중대와 몬스터 행동학자들을 동원하여 레비아탄을 추격하기로 하였다.

그는 헬기 안에 모인 중대원들을 바라보며 말했다.

"우리는 지금부터 학명 '레비아탄'의 추격전을 실시한다. 놈은 현재 일본 오키나와를 지나 동토 지대로 이동하는 중이라고 한다. 아마 이대로라면 며칠 내로 일본 동부 해안을 급습할 가능성이 높다. 하여, 우리는 놈을 추격하여 엑스레이 사진을 확보하여 지도를 만든 후에 놈의 몸에 침투할 것이다."

"흐음……"

"질문 있나?"

"지원 병력은 있습니까?"

"없다."

"그럼 우리가 미끼 역할을 하고 난 이후엔 어떻게 되는 겁니까? 놈의 공격 범위가 상당히 넓을 텐데요."

"그래서 전술 헬기를 인도받았잖나?"

"…별다른 대책은 없는 것이군요."

"원래 우리의 작전이 그렇지 않나?"

화수의 한마디에 작전에 대한 질문은 끝이 났다.

"다른 질문은?"

"없습니다."

"좋아, 그럼 지금부터 작전을 전개한다."

부대장의 작전 지시 명령으로 인해 헬기가 떠올랐다.

―대장님, 출발하겠습니다.

다다다다다!

수직으로 떠오른 헬기는 자운대 수렵 사령부를 떠나 일본 동토 지대로 향했다.

*   *   *

괴수 레비아탄의 습격으로 인해 일본 동토 지대에는 대대적인 대피령이 내려져 있는 상태였다.

위이이이잉!

―정부에서 알려드립니다! 주민 여러분께선 정부에서 지정한 대피 수단을 이용하여 신속히 대피하시기 바랍니다! 다시한 번 알려드립니다….

동토 지대 전역에 내려진 대피령으로 인해 도쿄도에는 사람이 한 명도 남아 있지 않았다.

하지만 그런 도쿄의 거리 한복판으로 차량이 한 대 달려와 멈추어 섰다.

부우우우웅, 끼익!

다급하게 달려온 흰색 밴에는 제레를 상징하는 상형문자가 새겨져 있었다.

운전석에 앉은 남자는 내비게이션을 바라보며 말했다.

"놈의 등장에 맞춰서 도착하긴 힘들 것 같은데……?"

"그럼 어째? 지금까지 모아놓았던 제레 연구소의 데이터가 날아간다는 소리야?"

"그렇겠지."

"…젠장! 깡통 차고 거리로 내몰리게 생겼군. 이젠 어쩌지?"

"별수 없지. 다시 시작하는 수밖에."

"제기랄…! 도대체 그런 괴물 같은 자식이 어떻게 이곳까지 올라온 것일까? 도무지 이해를 할 수가 없군."

제레 연구소 데이터 수집 팀장 김제성은 아랫입술을 짓깨 물었다.

"어떻게 해서든 도쿄만까지 달려가서 데이터를 구해 와야 한다."

"하지만 곧 해일이 닥칠 텐데?"

"우리가 죽는 한이 있어도 데이터는 구해야 해. 그게 우리의 임무다. 또한, 우리의 미래고. 우리는 죽어도 우리 자식은 잘 먹고 잘 살아야 하지 않겠어?"

"후우… 그래, 대장의 말이 맞아."

"그럼 다 함께 연구소 부화장으로 가는 것에 동의하지?"

"물론."

네 명의 사내는 그대로 직진하여 지진해일이 일 것으로 예상되는 도쿄만으로 향했다.

부아아아앙!

"밟아! 쉬면 더 빨리 죽는다!"

"알겠어!"

그들은 미친 듯이 달렸다.

하지만 얼마 지나지 않아 그들의 발바닥에 거대한 진동이 느껴졌다.

쿠웅!

"허, 허억!"

"드, 드디어 시작된 것인가?!"

이제 막 도쿄만에 도착한 그들은 '플레어 수목원'으로 위장한 제레의 몬스터 혼종 연구소를 목전에 두고 있었다.

그러나 그들은 더 이상 목적을 이루지 못하고 돌아서야 했다.

크르르릉…!

대지를 울리는 엄청난 으르렁거림이 그들을 위협하고 있었기 때문이다.

"레, 레비아탄?!"

"젠장, 어디서 소리가 들리는 거지?!"

잠시 후, 그들의 앞에 엄청난 일이 벌어지고 만다.

콰아아아앙!

한차례 거대한 폭발이 일어나면서 몬스터 혼종 연구소의 지하 시설이 무너져 내렸다. 그리고 그 안에 갇혀 있었던 500마리의 잡종 몬스터들이 무더기로 쏟아져 나왔다.

끄이에에에엑!

"이, 이럴 수가! 우리가 키워두었던 개량종이 전부 도망치고 있잖아!"

"큰일이군……."

저것들의 혈액 샘플을 모두 채취하는 것이 목적이었던 그들이지만 이제는 서둘러 피신하지 않으면 목숨을 잃게 생겼다.

하지만 그보다 더 큰 문제가 있었다.

크아아앙!

우드드드드득!

레비아탄이 도쿄만을 통해서 도망가려는 몬스터들을 진공청소기처럼 먹어치우고 있었던 것이다.

거침없이 먹이를 먹어치운 레비아탄은 밝은 빛을 발산하며 조금 더 커져 버렸다.

뚜두두둑!

쿠오오오!

이제는 지느러미 역할을 하던 날개가 진화하여 하늘을 날 수 있게 되었다.

"저, 저것이 이제 하늘을 나는 건가?!"

"글쎄다… 조금 더 지켜봐야 하지 않겠어? 저 몸통을 좀 봐, 아직 아가미로 숨을 쉬고 있잖아."

그의 예상대로 레비아탄은 하늘 높이 뛰어올라 거의 구름에 닿으려 했지만 이내 얼마 지나지 않아 다시 바다로 몸을 던졌다.

쿠쿠쿠쿠쿵……!

콰앙!

아직까지 바다를 떠날 수 있는 여건이 갖춰지지 않아 다시 물속으로 돌아간 것이었다.

바다로 돌아간 레비아탄은 이제 다시 도쿄만을 통해 자취를 감출 테지만, 그 여파로 인해 생겨난 지진해일은 그렇지 않았다.

쏴아아아아……!

엄청난 크기의 지진해일이 도쿄를 덮쳐왔다.

"이, 이런 미친……?!"

"…달려! 아무것도 없는 저놈의 연구소 때문에 죽을 수는 없지!"

다시 핸들을 틀어 도망을 치려했지만 이미 가공할 만한 속도로 따라오는 파도를 어찌할 수는 없었다.

결국 네 사람은 고스란히 바닷속으로 빨려 들어가고 말았다.

*   *   *

레비아탄이 도쿄를 쑥대밭으로 만들고 난 후, 놈의 행적이 필리핀 해로 향하고 있었다.

가는 곳마다 심각한 지진해일을 만들어내는 놈의 스케일로 미뤄봤을 때, 아마 필리핀 동부 지역에도 엄청난 타격이 전해질 것으로 전문가들은 예상했다.

하지만 정도윤은 야차 중대의 엑스레이 촬영으로 인해 레비아탄이 다시 방향을 돌릴 수도 있다는 가설을 세웠다.

"우리는 미끼입니다. 그와 동시에 엑스레이를 촬영하는 자극제이기도 하지요. 아마도 우리가 자극을 주면 놈이 태평양으로 갈 겁니다."

"만약 그렇다면 일석이조의 효과를 보는 것이군요."

"하지만 문제는 우리가 놈에게서 벗어나는 것이 더 힘들어진다는 겁니다."

"그래도 그로 인해 많은 사람이 살게 된다면, 충분히 그럴 만한 가치가 있다고 생각합니다."

잠시 후, 최산용 소령의 다급한 목소리가 들려온다.

―대장님! 레이더에 거대한 물체가 잡히는데요?!

"…드디어 올 것이 왔나?"

헬기에 잡히는 물체의 크기는 작은 섬이라고 해도 믿을 정도로 거대하였다.

그 이동속도는 생각보다 더 빠른 편이었고 몸집은 이전보다 더 커져 있었다.

"일본에서 포식을 한 모양인데요? 크기가 더 커졌습니다."

"젠장… 도대체 언제 저만큼의 먹이를 먹어치운 것일까요?"

"글쎄요. 그것은 추후에 따져봐야 할 문제인 것 같습니다. 지금은 저놈을 수면 위로 떠오르게 만드는 것이 급선무라고 생각합니다."

"좋아요. 그럼 한번 저놈을 자극해 봅시다."

화수는 이제 본격적인 작전을 시작하기로 했다.

"전 대원, 스탠바이!"

"예!"

등산용 안전 조끼를 착용한 화수의 몸에 열두 개의 와이어가 연결되었다.

철컥!

김태하 상사가 안전 장비 결속에 대해 보고했다.

"대장님! 준비가 완료되었습니다!"

"좋아, 지금부터 내가 아래로 내려가 직접 타격한다! 모두 충격에 대비해라!"

"예!"

화수가 무전기를 켜 최산용을 호출했다.

"하강!"

―예!

휘리리리리릭!

빠르게 풀리는 밧줄을 왼손으로 잡은 화수는 자신의 발아래에 있는 검은 물체를 바라보았다.

구르르르르르릉…….

'엄청나다! 이게 진정 살아 있는 생명체란 말인가? 차라리 심해에 가라앉아 있던 섬이라고 보는 것이 더 설득력이 있겠어.'

화수는 자신이 동원할 수 있는 모든 내력을 다 쥐어짜내 환영을 만들어냈다.

스스스스스스스스!

그러자, 레비아탄에 거의 절반에 달하는 거대한 몬스터가 수면 위로 모습을 드러냈다.

크오오오오오!

수면을 스치듯 날아가는 거대한 익룡은 화수가 만들어낼 수 있는 가장 큰 크기의 몬스터였다.

물론, 형체는 없지만 실제로 살아 있는 생명체와 같은 질감과 촉감을 낼 수 있었다.

만약 레비아탄이 수면 위로 올라와 아가리를 벌려 이것을 물어버린다면 먹이를 먹었다는 착각이 들 수 있을 정도였다.

쏴아아아아……!

화수의 예상대로 놈이 수면 위로 서서히 모습을 드러내기 시작했다.

쿠오오오오오!

"……!"

막상 놈의 샛노란 눈동자를 마주하자니 오금이 저려오는 화수다.

그것은 야차 중대원들 역시 마찬가지, 모두 입을 떡 벌려 다물 줄을 몰랐다.

"대단하군……."

─대장님, 어지간하면 빨리 끝내고 이곳에서 벗어나는 것이 좋겠습니다. 잘못하면 뼈도 못 추리겠는데요?

"그래, 놈의 간식이 될 수는 없지."

화수는 환영을 만들어낸 이후에 생겨난 내력을 모두 오른손으로 내보냈다.

"천혈수라장!"

스스스스!

콰앙!

극성으로 전개된 천혈수라장이 레비아탄의 노란 눈동자에 날아가 박혔다.

끄아아아앙!

고개를 좌우로 뒤흔들며 괴로워하던 레비아탄이 하늘 높이 날아올랐다가 곧바로 몸을 눕혀 바다로 내려앉았다.

정도윤은 이때다 싶어서 무전기를 켰다.

"지금입니다! 엑스레이를 켜요!"

—알겠습니다.

순간, 구름 속을 유영하던 일회용 인공위성이 나타나 네 개로 분리되어 엑스레이를 촬영하였다.

우우우우우웅!

철컹!

연달아 수십 장의 엑스레이를 촬영하고 난 후, 인공위성은 과열 양상으로 인해 회로가 다 타버려 바다로 추락하였다.

레비아탄은 자신의 눈동자를 한 대 후려친 화수를 잡아먹기 위해 다시 한 번 수면 위로 튀어 올랐다.

하지만 이번엔 그냥 올라오는 것이 아니라 태풍을 함께 동반하였다.

고오오오오오오!

"태풍입니다! 지금 도망치지 않으면 다 죽습니다!"

"갑시다!"

최산용 소령은 화수를 붙잡고 있던 와이어를 재빨리 감아 올렸다.

지이이이잉!

하지만 레비아탄은 이때를 놓치지 않고 또다시 대가리를 들어 올렸다.

쿠오오오오!

"놈이 올라옵니다!"

"젠장!"

휘리리리릭!

와이어는 신속하게 감겼지만 레비아탄의 공격은 매섭기 그 지없었다.

화수의 몸이 놈의 아가리에 딸려 들어가는 것은 시간문제 였으니, 이제는 런쳐 사수 김재성 상사가 나설 차례였다.

철컥!

"이 새끼, 이거나 먹어라!"

그는 멀티플 런쳐의 총구를 방금 전 일장을 맞았던 놈의 눈알에 들이댔다.

우우우우웅······!

"레이저를 쏠 겁니다! 대장님, 충격에 대비하십시오!"

"알겠네!"

런쳐의 총구가 단발의 레이저를 레비아탄의 눈동자에 쏘아 버렸다.

퉁!

그러자, 눈동자에서 탄내가 나면서 놈이 다시 수면 아래로 떨어져 내렸다.

콰아앙!

끄아아앙!

"명중입니다!"

"놈이 아래로 떨어져 내린다! 성공이야!"

"하지만 기류가 불안정해서 잘못하면 추락할 수도 있어요! 어서 탈출해야 합니다!"

"가자! 안전지대로 대피해야 한다!"

"예!"

야차 중대는 1차 목표를 달성하고 다시 대한민국으로 향하였다.

제2장

용병들

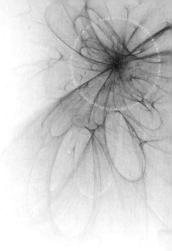

　늦은 밤, 자운대 수렵 사령부 특별 대책 본부에 몬스터 전문가들과 수의사, 외과의사가 함께 모여들었다.

　몬스터 해부학자 정도윤은 놈의 신체 구조에 대해 설명하였다.

　"놈은 두 개의 기도와 하나의 식도, 그리고 탄탄한 척추를 가지고 있습니다. 심장은 몸통의 중앙에 위치하고 상당히 복잡한 구조의 신경 체계와 근육들이 그 주변을 에워싸고 있지요. 또한, 뼈와 근육 사이에는 아주 작은 통로가 있어서 공기와 신경 물질을 전달하게 됩니다. 우리는 그곳을 통하여 침투

할 수 있을 겁니다."

"흠, 하지만 어떻게 안으로 들어간다는 겁니까? 놈이 아가리를 벌릴 때까지 기다려야 합니까?"

"그런 방법도 있긴 하지만 그건 결코 좋은 방법이 아닙니다."

그는 가장 좋은 방법에 대해 말했다.

"콧구멍으로 들어갑니다."

"콧구멍? 놈은 아가미로 숨을 쉰다고 하지 않았습니까?"

"사진에 보면 몸통에 비해 작긴 하지만 분명 콧구멍이 있습니다."

"그렇다면 더 볼 것도 없이 그곳으로 병력을 밀어 넣고 심장이나 뇌를 공략하기로 하죠."

"하지만 그게 생각보다 그리 간단한 문제가 아닙니다. 뇌를 감싸고 있는 저 엄청난 두께의 두개골을 보세요. 인간의 힘으론 쉽게 잘라낼 수가 없어요."

"그럼 오로지 심장을 공략할 수밖에 없다는 소리군요."

"그렇습니다. 하지만 그보다 더 문제는 저놈의 속에 과연 어떤 형태의 몬스터가 자생하고 있을지 알 수 없다는 것이지요."

"몬스터 안에 또 다른 몬스터가 자생하고 있다……?!"

"우리 입장에서 본다면 몬스터이지만 레비아탄의 입장에서 본다면 기생충이나 백혈구쯤 되겠지요."

"아아!"

레비아탄의 저 어마어마한 덩치를 생각한다면 몬스터의 크기가 결코 작지는 않을 것이었다.

또한, 저 안에서 생존하려면 그에 걸맞은 능력을 갖추어야 할 테니 그 맷집 역시 무시할 수 없을 터였다.

"그래서 이번 작전에는 최소한 일반 보병 부대 1개 중대의 병력이 필요할 것으로 보입니다."

"하지만 100명이 넘는 인원을 어떻게 저 콧구멍으로 들여보낸단 말입니까?"

"대책을 강구해야지요. 인원이 모자라면 그 인원을 보충할 수 있는 화력을 사용한다든지, 그에 준하는 도구를 만들어낸다든지, 뭐 그런 것 있잖습니까?"

"말이 쉽지……."

가만히 박사들의 갑론을박을 지켜보던 화수가 입을 열었다.

"방법이 있긴 있어요."

"바, 방법이 있다고요?"

"병력의 공백을 채울 화력을 마련할 비책이 있긴 있습니다."

화수는 6년 전에 일어났던 미국 동부의 몬스터 토벌전에 관한 정보 중 일부를 발췌하여 프로젝터에 띄웠다.

사진에는 각종 로봇들이 나와 있었는데, 모두 원의 형태를 띤 기계에서 튀어나와 전투를 치르고 있었다.

"이것은 미국 최고의 기계공학자가 만들어낸 전투 장비입니다. 그녀는 이 밖에도 상당히 많은 자동화 전투 기계를 보유하고 있지요. 아마 지금쯤이면 상당한 경지에 이르지 않았을까 싶습니다."

"흐음……."

박사들은 화수의 설명에 한 가지 의문을 제기한다.

"그런데 그 엄청난 스페셜리스트가 왜 지금껏 학계에 나오지 않은 겁니까?"

화수는 한마디로 그들의 의문을 정리해 버렸다.

"간단합니다. 그녀는 MIT의 교수이기도 하지만 용병이기도 하니까요."

"용병……!"

수렵행위를 하는 사람들 중에선 정규군이 아니라 돈을 받고 일하는 이들도 있다.

몬스터를 수렵하는 용병들은 그 몸값이 상당히 비싸지만 그 어떤 임무라도 목숨을 걸고 해내는 근성이 있다.

화수는 그녀와 함께 또 다른 한 명의 용병을 소개하였다.

그는 프로젝터에 또 다른 여성의 사진을 띄웠다.

"마리아 그레이슨, 폭약 제조 전문가입니다. 즉석에서 다양한 속성의 탄약을 제조할 수 있습니다. 지금은 영국의 한 대학교에서 화공학 교수로 일하고 있지요. 그녀 역시 용병입니다. 저와는 인연이 있어서 만약 작전에 대해 설명한다면 흔쾌히 수락을 해줄 겁니다."

"기계공학자는 그렇다 쳐도 이번 작전에 화공학 교수가 무슨 도움이 된다는 건가요?"

"말씀드렸다시피 그녀는 폭약과 탄약을 제조합니다. 몬스터는 각자 속성이 달라서 그 속성에 반대가 되는 탄약을 써야 효과적으로 잡을 수 있어요. 그녀는 즉석에서 그 반대 속성의 탄약을 제조할 수 있는 능력을 가지고 있지요."

"아아!"

화수는 이 두 사람이 충분히 도움을 줄 것이라고 확신했다.

"그녀들만 있다면 레비아탄의 내부로 들어가는 것도 무리는 아닙니다."

"그렇군요. 좋습니다, 그럼 몬스터의 내부로 들어가는 드림 팀을 구성해서 내일까지 명단을 만들기로 하죠. 우리 학자 팀에선 외과의사 한 명, 수의사 한 명, 몬스터 행동학자 한 명, 그리고 해부학자인 제가 가겠습니다. 그쪽에선 더 필요한 사람을 선별해서 통보해 주십시오."

"잘 알겠습니다."

회의를 끝낸 화수는 프랑스로 향한다.

*   *   *

프랑스 마르세유의 수렵 전문학교가 새로운 학기를 맞이했
다.

매엠, 매엠……

전문학교는 마르세유에서도 가장 중앙에 위치하고 있었는
데, 전문학교의 주변으로 총 15개의 교육기관이 자리 잡고 있
었다.

그런 학교 연병장에 교육생 300명이 모여 열중쉬어 자세를
취하고 있다.

학교장 에드먼드 마르탕 중장은 그런 학생들에게 벌써 30분
째 장황한 연설을 늘어놓고 있었다.

―…15년 전, 인류는 절체절명의 위기에 놓여 있었다! 경제
기반은 모두 다 무너졌고 인류의 1/3이 죽어나갔다! 하지만
인류는 다시 기사회생하였다! 그 중심에는 누가 있었나? 우리
수렵 전문가들이 있었다!

그는 전문학교 중앙에 있는 동상을 가리키며 말했다.

―보아라! 저들이 바로 프랑스를 구한 용병들이다! 용병왕
레이, 불멸의 레이시스, 모두 저 사람을 일컫는 말이다! 우리

는 레이시스와 같은 초일류 전문가로 거듭나야 한다! 그것이 바로 국위 선양이고 인류 구원의 시발점인 것이다! 알겠나?!

"예!"

―겨울이다! 겨울은 혹독한 계절이니만큼 더욱더 강렬한 훈련이 기다리고 있을 것이다!

"……"

―우리 전문학교의 훈련은 전국 최악의 난이도를 자랑한다! 하지만 막상 이러한 과정을 모두 다 이겨내고 평범하게 전장에 나가면 100명 중 90명이 첫 번째 전투에서 사망한다! 그 이유는 무엇인가?! 나약함이다! 인류는 나약하다! 우리는 군인을 길러내는 것이 아니라 생존 전문가를 길러내는 것이다! 생존을 위해서 공부하고 훈련하는 것이다! 오늘의 땀이 그대들의 목숨을 구해주는 소중한 밑천이 될 것이다!

에드먼드 마르탕 중장의 연설이 끝나자, 전문학교의 동기 대표 생도가 구령을 붙였다.

"부대, 차렷!"

촤락!

"충성!"

"충성."

"교육 끝!"

교육이 끝나자, 눈이 반쯤 풀린 교육생들이 식당으로 향한다.

"1소대, 정렬!"

"정렬!"

"식당으로 가자. 앞으로 갓!"

학생들이 식당으로 들어가는데, 저 멀리서 군용 헬기가 날아와 연병장에 안착하였다.

다다다다다다!

학생들은 고개를 갸웃거렸다.

"어라? 프랑스군 헬기가 아닌데?"

"저건……."

연병장에 안착한 군용 헬기의 꼬리에는 대한민국 국기가 매달려 있었다.

프랑스에는 대한민국 주둔부대가 없기 때문에 만약 저것이 날아왔다면 본토에서 배를 타고 왔을 가능성이 높았다.

하루 이틀 거리도 아닌데 저들이 이곳까지 날아왔다는 것은 아주 이례적인 사례였다.

바로 그때, 가슴에 '딜란 부트랑'이라는 이름표가 붙은 2학년 생도에게 연대장 훈련생이 찾아왔다.

"딜란 부트랑 생도."

"훈련 생도 딜란 부트랑!"

"마르세유 인사장교님의 호출이다."

"저, 저를 말입니까?"

"식사는 조금 나중에 하고 지휘관실로 갈 수 있도록."

"예, 알겠습니다!"

딜란의 동기들은 고개를 갸웃거린다.

"…저놈, 또 사고를 친 건가?"

"그야 모르지."

생도들은 경찰서와 병원, 장례식장, 그리고 지휘관실은 어지간하면 안 들어가는 것이 좋다고 생각했다.

동기들은 고개를 가로저었다.

"후우, 무슨 일인지는 모르겠지만 신경 끄자고. 괜히 입 놀렸다가 같이 엮여서 끌려갈 수도 있으니."

"그래, 그러자고."

딜란은 연대장 훈련 생도를 따라서 지휘관실로 향했다.

＊　　　＊　　　＊

생도 연대 지휘관실에 도착한 딜란이 경례를 올렸다.

척!

"충성!"

"그래, 충성."

마르세유 교육관 인사장교 가브리엘 롸조뒤부와 중위는 연대장 훈련 생도와 그 동료들에게 말했다.

"문 닫고 나가보게."

"예, 알겠습니다. 충성!"

"충성."

한차례 인사가 끝난 후, 가브리엘 롸조뒤부와 중위는 무전기로 누군가를 호출했다.

"주변 정리하고 그분들 모셔와."

―치익, 예, 알겠습니다.

잠시 후, 지휘관실이 열리면서 대한민국의 대령 계급장을 단 남자가 들어왔다.

"반갑습니다. 가브리엘 롸조뒤부와 중위."

"영광입니다. 김태하 대령님."

"명문 마르세유 전문학교를 찾아온 제가 더 영광이지요. 역시, 오다가 보니 훈련 강도가 남다르더군요."

"그래도 자운대 수렵 부대만큼 뛰어나겠습니까?"

화수는 훈련 생도 딜란을 바라보며 말했다.

"이런 구상은 모두 당신에게서 나온 것이겠지?"

"⋯방음은 철저히 되고 있는 것 맞습니까?"

"물론."

딜란, 아니 레이시스는 답답한 군복을 한 꺼풀 벗었다.

"후우, 답답하군. 벗어도?"

"당연한 것을⋯⋯."

이곳 전문학교의 훈련 과정은 전부 레이시스가 고안해 낸 것으로, 프랑스가 지금껏 몬스터에게 고립되지 않았던 원동력이라 할 수 있었다.

그는 고향인 프랑스에 살면서 수렵 활동을 해주고 신분 및 기밀 유지 등을 보장받아 용병 회사를 차렸다.

뿐만 아니라 레이시스는 전 세계적으로 문제가 되고 있는 몬스터를 처리해 주는 해결사 역할을 해주고 있었다.

그런 그가 이렇게 학생 신분으로 전문학교에 온 것은 전문학교의 문제점을 보완해 주고 더 나은 곳으로 인도해 주기 위함이었다.

신분을 숨기며 살아가는 사람이긴 하지만 레이시스가 죄를 지어서 어둠으로 숨은 것은 아니었다.

그렇기에 레이시스는 자신이 하고 싶은 것이 있다면 무엇이든 할 수가 있었다.

레이시스는 인사장교에게 담배를 한 개비 요청하였다.

"학생 신분으로 잠입해 있다 보니 담배를 피울 수가 없네요. 한 대 주실 수 있습니까?"

"물론입니다."

화수는 자신이 피우는 한국산 담배를 한 개비 건넸다.

"한 대 피워."

"고맙군."

레이스스와 화수는 약 8년 전에 함께 수렵을 했었던 동료였다.

그는 반가운 얼굴을 보자, 스르르 미소를 지었다.

"그나저나 참 오랜만이군."

"그러게 말이야."

"소식은 들었어. 군에 다시 들어갔다면서?"

"보시다시피."

잠시 안부를 물은 그는 화수에게 방문의 목적에 대해 물었다.

"그나저나 영 찾지도 않던 나를 찾아온 이유가 궁금하군."

"용병단의 도움이 필요해."

"우리의 도움이? 야차 중대에서 말이야?"

"야차 중대가 용병단을 찾아올 때엔 그만한 이유가 있어서겠지?"

그는 슬며시 고개를 끄덕였다.

"으음, 그건 그렇지."

"이번 사건, 꽤 씨알이 굵어."

"종류는?"

"몰라. 수룡이라고 해두지."

"수룡이라?"

"학명으론 레비아탄이라고 부르더군."

"몇 번인가 들어본 적이 있는 것 같기는 하군."

"길이만 10㎞다. 지금까지 우리가 잡았던 놈들과는 차원이
달라."

레이시스는 고개를 끄덕였다.

"뭐, 그 정도면 굳이 말하지 않아도 견적이 나오는군."

"어때? 같이 가겠나?

"후후, 당연하지. 이건 판에 안 끼면 병신 아니야?"

"대신, 필요한 인원들이 꽤 고급이야. 섭외 가능하지?"

"물론!"

"좋아. 일주일 후, 프랑스 남부 해협에서 보지."

"알겠어."

레이시스는 사냥에 나서기에 앞서 몇 가지 준비를 하기로
했다.

그는 인사장교에게 자신의 부재에 대해 알렸다.

"한 열흘쯤 자리를 비워도 되겠습니까?"

"뜻대로 하십시오. 제가 뒤처리를 다 해놓겠습니다."

"고맙군요."

레이시스는 옷을 갈아입기 위해 자신의 방으로 향한다.

*　　　　*　　　　*

늦은 오후, 마르세유의 연병장으로 프랑스 수렵 용병단의 전술 비행기가 날아들었다.

휘이이이잉!

수직 이착륙이 가능하며 전술용 장갑차와 궤도 차량, 탱크, 소형 잠수함 등이 내장되는 전술용 비행기는 프랑스 군부 내에서도 구할 수 없는 물건이었다.

생도들은 프랑스 최고의 전문가들을 바라보며 눈을 반짝였다.

"이번엔 또 어떤 작전을 수행하러 가는 것일까?"

"…멋있어. 언젠가는 저런 메이저 수렵단에 들어가는 것이 꿈이야."

"아서라, 수렵 용병단에 들어가려면 적어도 10년 이상의 경력이 있어야 해. 더군다나 생물학 박사 학위나 탄도학 박사 학위 등이 있어야 하지. 또한, 군부에 몸을 담으면 저곳에 들어갈 수 없어. 명예는 바랄 수 없다는 소리지."

"뭐, 그래도 좋아."

프랑스 수렵단은 전 세계 최고의 전문가들이 모여서 만들어진 부대인데, 그 자세한 내막을 아는 사람은 오로지 대장 한 사람뿐이었다.

잠시 후, 검은색 스포츠카가 비행기에서 내려와 부대 뒷골목으로 향했다.

부아아아아앙!

앞 유리는 물론이고 뒷면, 옆면까지 전부 짙게 선팅이 된 자동차는 단 1분 만에 다시 연병장으로 돌아왔다.

끼기기긱, 부우우웅!

스포츠카는 전술용 비행기 안으로 들어가자마자 전용 렉에 담겨 적재되었다.

이제 스포츠카는 물론이고 비행기 내부에 있는 모든 물건이 외부의 시선으로부터 차단되었다.

철컹!

생도들은 안타까운 탄식을 내뱉었다.

"아아, 아깝다! 조금 더 보고 싶었는데!"

"그만 들어가자. 우리가 쳐다본다고 저 사람들이 TO를 내어줄 것도 아니잖아?"

"뭐, 그건 그렇지."

생도들은 하나둘 돌아서 다시 막사로 들어가기 시작했다.

그런데 1중대 생도들이 우왕좌왕하고 있다.

"어? 딜란 부트랑 어디로 갔지?"

"그러게. 이봐, 딜란 못 봤어?"

오늘 있을 소대 전술 훈련에서 부소대장 역할을 맡았던 딜란이 안 보이자, 소대장 훈련생이 몹시 당황한 모습을 보였다.

"아, 안 되는데… 오늘 평가가 3분기 성적의 많은 부분을 차지한단 말이야."

"귀신이 곡할 노릇이군, 도대체 어디로 간 거지?"

잠시 후, 인사장교가 1소대를 소집시켰다.

"1소대, 집합!"

"집합!"

우르르 몰려든 1소대에게 인사장교가 말했다.

"오늘 훈련에 참가하기로 했던 딜란 부트랑 생도는 집안에 사정이 생겨서 청원 휴가를 떠났다."

"큰일이 생긴 겁니까?"

"자세한 것은 개인사라서 말해줄 수 없다. 그러니 생도들은 딜란 부트랑 생도 없이 전술훈련에 참가하기 바란다."

"예, 알겠습니다!"

그의 동기들은 고개를 갸웃거렸다.

"이상하네, 평소에 별다른 말이 없었던 것 같은데 말이야."

"뭐, 원래 말이 별로 없는 녀석이잖아?"

소대에서 원래 말수가 적고 눈에 잘 안 띄는 딜란이었기에 동기들은 그러려니 하는 마음으로 돌아섰다.

*   *   *

미국 MIT공대에서 기계공학을 가르치고 있는 가브리엘 제이니스터는 역대 기계공학자들 중에서도 최고로 손꼽히는 사람이다.

그녀는 전 세계 최초로 몬스터의 코어를 추출하여 동력으로 사용하는 기술을 고안해 냈으며, 이를 가지고 무기를 개발한 천재 공학자였다.

레이시스는 그녀가 일하는 연구실을 찾아갔다.

치지지지지직……!

여전히 연구에 몰두하고 있던 가브리엘에게 레이시스가 외쳤다.

"어이, 가브리엘!"

용접기를 잡고 있던 가브리엘이 입에 담배를 꼬나문 채 고개를 들었다.

"이게 누구야? 용병왕 레이 아니서?"

"아직도 담배를 안 끊었나?"

"이 좋은 것을 왜 끊어? 그리고 이제 곧 몬스터 코어 추출물로 폐암을 치료하는 마이크로 로봇이 출시될 거야."

"설마 담배 때문에 마이크로 로봇을 만든 것은 아니겠지?"

"빙고!"

뛰어난 두뇌를 가진 사람이니만큼 가끔 사람을 놀라게 할 정도의 괴짜 성향을 드러내곤 하는 그녀다.

그녀는 레이시스가 이곳까지 온 이유를 이미 알고 있었다.

"놈들의 출몰 때문에 이곳으로 온 거지?"

"잘 알고 있군."

"후후, 안 그래도 몸이 근질거려서 미칠 것 같았어. 자동화 사격 로봇을 실험할 장소가 없어서 난감하던 참이거든."

"자동화 사격 로봇?"

"잘 봐."

그녀가 스마트폰의 버튼 몇 개를 누르자, 사방에서 네 발이 달린 로봇들이 쏟아져 나왔다.

철컹, 철컹!

"이게 다 뭐야?"

"말했잖아. 자동화 사격 로봇이라고. 덩치는 작지만 9㎜ 머신건과 20㎜ 기관포 등이 장착되어 있다고. 물론, 로봇들을 지휘하는 사람이 있어야 한다는 불편함이 있지만 사람이 싸우는 것보다는 훨씬 낫잖아?"

"대단하군. 이런 물건을 개발하다니 말이야."

"훗, 별것 아니야. 조만간 초소형 무선 전투기를 개발할 생각이니 기대해도 좋아."

그녀가 자동화 살상 무기를 만들어낼 수 없는 것은 인간을 상대하는 시스템을 개발하지 않겠다는 조약을 맺었기 때문이다.

만약 그녀가 인간을 상대로 하는 무기를 만들어낸다면 즉각적인 구속 조치가 이뤄지게 되어 있었다.

물론, 그녀는 사람을 상대로 무기 실험을 하는 미치광이 과학자는 아니었다.

"언제 출격이야?"

"닷새 남았어."

"나머지 인원들은?"

"아마 얼굴이 많이 익었을 거야."

"으음, 좋아. 당장 준비하지."

"고마워."

"별말씀을."

이제 레이시스는 자신이 운영하는 용병 회사에서 연락이 오기만을 기다리면 되는 것이다.

＊　　　＊　　　＊

늦은 밤, 용병 회사 일레이드로 2명의 용병이 찾아왔다.

이들은 잠수 항해사, 폭발물 제조 전문가로 상당히 섭외하기 까다로운 능력들을 갖추고 있었다.

그중에서도 상당히 특이한 경력을 가진 사람은 폭탄 제조 기술자인 안드레아 킴이었다.

재미교포 출신 화학공학자 안드레아 킴은 원래 뒷돈을 받고 사제 폭탄을 만들어주는 폭탄 장수였는데, 레이시스가 그의 재능을 알아보고 용병단으로 끌어들인 것이었다.

용병단 일레이드에는 총 550명의 용병들이 몸을 담고 있는데, 이들은 저마다 특별한 능력을 하나씩 다 가지고 있다.

이들 중에는 학자도 있고 범죄자도 있고 평범한 회사원도 있다. 각자 저마다의 영역에서 생활하다가 레이시스의 제안을 받으면 본격적으로 수렵에 참여하여 제 능력을 발휘하게 되는 것이다.

물론, 이들이 용병단에서 일하는 이유 중 하나는 건당 최대 천만 달러에 달하는 보상금이기도 하다.

한 건 제대로 해내면 평생 놀고먹어도 될 정도의 돈이 떨어지니, 부수입으로는 이만한 직업이 없었다.

일레이드는 열네 명의 수렵 에디터가 상주하고 있는데, 전세계 각지의 정부에서 요청하는 수렵을 수주하고 상황에 맞는 인원들을 선별하여 한 조로 배정하는 일을 한다.

레이시스는 수렵 에디터 중에서도 가장 능력이 좋은 사람으로 손꼽히며 실질적으로 회사를 대표하는 사장이기도 했다.

그는 자신이 직접 뽑아 올린 팀원들을 한 자리에 모아놓고 작전에 대한 설명을 시작하였다.

"이번 작전은 생존 확률이 극히 낮다. 모두 알다시피, 전 세계 최고의 수렵 전문가 강화수와 그 동료들도 목숨을 장담할 수 없다고 하더군. 할 텐가?"

용병들은 고개를 내저었다.

"에이, 아무리 그래도 함께 한 정이 있는데 기껏 불러준 사람의 성의를 무시하면 쓰나?"

"잘못하면 죽을 수도 있어."

"이 세상에 목숨 안 내어놓고 일하는 용병도 있나?"

"뭐, 그건 그렇지."

수렵을 전문으로 하는 용병들은 맹목적으로 돈을 노리고 사냥에 참가하는 것이 아니었다.

이들은 언제 또 인류가 위기를 맞을지 모른다는 위기의식 때문에 의욕적으로 일에 참가하는 것이었다.

만약 이들이 돈이 궁하다면 굳이 목숨을 걸고 일할 필요가 없을 지도 모른다. 이들은 그만큼 각 분야에서 최고의 대우를 받는 사람들이기 때문이다.

레이시스는 최종적으로 작전의 개요를 다시 정리하였다.

"좋아, 그럼 이 인원 그대로 가는 것으로 하지."

"오케이."

"물론, 최대한 문제가 없는 선에서 작전을 진행할 것이다. 아무리 일이 중요해도 사람이 다치면 말짱 도루묵이잖아?"

"뭐 그건 그렇지."

레이시스는 작전 개요도를 하나씩 나누어 주고 필수 품목 요청서도 함께 첨부해 주었다.

"보급품이 필요하면 적어 넣도록. 프랑스 정부에서 충당해 주기로 했어."

"보급품이랄 것이 뭐 있나? 이곳에서 만들어놓은 물건들도 충분히 훌륭한데 말이야."

일레이드는 자체적으로 전투에 필요한 보급품을 제작하고 화기를 생산해 낼 수 있는 능력을 갖춘 회사다.

전 세계적으로 유일하게 사사롭게 총기를 제작하고 화포를 만들어 사용하는 회사가 바로 일레이드다.

더군다나 무기 생산에 필요한 지식과 기술들을 개발하는 연구소에는 각 국가에서 레이시스가 직접 스카우트한 석학들이 상주하고 있다.

그렇기 때문에 일레이드는 항상 정규군보다 한발 앞선 기술을 손에 넣을 수 있었던 것이다.

"내일 출격이다. 군장 챙기고 아침 아홉 시까지 모일 수 있도록."

"알겠어."

이제 레이시스의 수렵 팀이 구색을 맞추게 되었다.

제3장
레비아탄

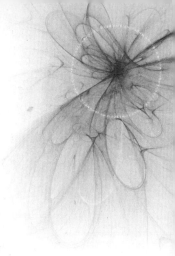

이른 아침, 야차 중대에 네 명의 용병들이 찾아왔다.

용병단의 대장 레이시스는 구면인 야차 중대원들을 만나 반갑게 인사를 나누었다.

"어이, 최지하!"

"레이시스! 오랜만이군."

"그동안 어떻게 지냈어? 너희 대장이 조만간 장교로 임관할 것이라고 얘기는 해줬지만 자세한 것은 듣지 못했거든."

"말 그대로야. 우리 야차 중대원 전부 장교로 임관해서 대위나 소령으로 편제될 예정이야. 수렵 사령부 내부에 학교를 세우고 전문 인력을 갖춰서 대규모 수렵 부대를 창설할 것이거든."

"오오, 그것참 좋은 아이디어군. 혹시 그 작품, 최성수 대령의 생각인건가?"

"그렇다고 볼 수 있지."

"그나저나 오늘은 최성수 대령이 안 보이네?"

그녀는 씁쓸하게 웃으며 최성수의 안부를 전했다.

"그는……."

잠시 후, 레이시스가 애석한 표정을 지었다.

"저런, 인명재천이라더니 그 양반도 오래는 못 버텼군."

"누가 아니래."

잠시 후, 화수가 각 전문가들을 데리고 나타났다.

"주목!"

"주목!"

"현 시간부로 우리는 레비아탄 침투 작전에 돌입한다. 작전명은 '요나'다."

"요나라… 성경에 나오는 그 요나 말이야?"

"생선 배 속에 들어갔다가 살아나오는 요나야말로 지금 우리에게 필요한 롤모델이니까."

야차 중대의 드림 팀은 필수 장비가 적재된 전술 비행기에 탑승하였다.

야차 중대의 전술 비행기에는 전술 헬기와 잠수함이 적재

되어 있는데, 목적지에 도착하면 비행기가 잠수함을 떨어뜨려 바다에 잠수하게 될 것이다.

그 이후에 레비아탄의 콧속으로 들어가 작전을 수행한 후, 탈출에 성공하면 전술 헬기가 잠수함을 끌어내 다시 비행기로 되돌아오게 된다.

만약 이 과정에서 하나라도 잘못되면 작전이 실패하거나 모든 인원이 몰살당할 수도 있다.

"집중하자. 작전에서의 성공도 중요하지만 생존도 중요하다. 그러니 정신 바짝들 차려."

"예!"

"출발!"

야차 중대의 전술 비행기가 북태평양으로 향했다.

*　　　*　　　*

대전 공영방송국 아나운서실로 지방 방송의 아나운서들이 뉴스를 구성할 소식들을 들고 들어왔다.

차성희는 이번 뉴스에서 주안점이 될 괴수 레비아탄의 수렵 소식을 실은 원고를 받았다.

"실장님, 원고요. 검토해 주십시오."

"그래, 알겠어."

후배들이 작가실에서 받아온 원고를 접한 그녀는 조금 불안한 눈빛으로 변했다.

"……."

"레비아탄이 대단하긴 대단한 모양이더군요. 지금 기자들이 아주 난리가 났어요."

"그렇겠지……."

그녀는 원고 첫 부분에 나오는 강화수 대령의 이름을 보곤, 이내 원고를 내려놓았다.

아나운서들이 고개를 갸웃거렸다.

"실장님?"

"…눈이 좀 침침하네. 휴게실에서 마저 볼 테니까 시간 맞춰서 뉴스를 준비할 수 있도록 해."

"네, 알겠습니다."

차성희는 원고를 들고 실장 전용 휴게실로 들어갔다.

딸깍!

휴게실의 문을 잠그고 선 그녀는 떨리는 손으로 전화기를 들었다.

—뚜우…….

불안한 기색이 역력한 그녀의 귀에 화수의 음성이 들려왔다.

—여보세요?

"화, 화수 씨?"

─성희 씨군요. 요 며칠 연락을 못 해서 안 그래도 전화를 하려던 참입니다.

"지금 시간 괜찮아요?"

　─작전지역으로 가는 중입니다. 이제 대략 30분 후에 전화를 수거해서 한자리에 모아둘 겁니다. 그 전까진 통화가 괜찮습니다.

"그렇군요……"

성희는 화수의 목소리를 듣자, 갑자기 눈물이 날 것 같았다. 그런 그녀의 마음을 아는지, 화수가 농담을 건넨다.

　─이제 곧 동굴 탐사를 갈 건데, 뭐 갖고 싶은 기념품 있어요?

"화수 씨도 참… 그런 동굴에서 뭘 가지고 온다고 그래요?"

　─이래 봬도 만물상입니다. 이놈의 동굴에는 없는 것이 없어요.

"됐어요. 돌아오면 맛있는 거나 실컷 먹으러 다녀요."

　─하하, 그래요.

그의 밝은 목소리를 들으니 안심이 되면서도 한편으론 마음이 아팠다.

"화수 씨, 갖고 싶은 것 없어요?"

　─네? 갑자기 그게 무슨 소리입니까?

"그냥 궁금해졌어요."

　─으음, 갖고 싶은 것이라?

"이번 작전이 잘 끝나면 내가 상을 줄게요."

—이야, 이것 참 영광인데요? 성희 씨가 상을 다 주고 말입니다.

"당신이 목숨을 걸고 일하는데 사람들이 그것을 잘 몰라주는 것 같아서 내가 대신 상을 주려고 해요. 괜찮죠?"

—하하, 그래요. 그런 상이라면 얼마든지 받겠습니다.

잠시 생각에 잠겨 있던 화수가 툭한 말을 던졌다.

—여행이나 갑시다.

"여행이요?"

—생각해 보니 지금까지 전 세계의 방방곡곡을 돌아다녔지만 제대로 여행을 다녀본 적이 한 번도 없네요.

그녀는 빙그레 미소를 지었다.

"알겠어요. 이번에 밀려 있던 휴가를 쓸게요. 우리, 제대로 놀다가 와요."

—좋습니다. 나도 이번 기회에 좀 쉴 생각입니다.

심각한 상황이긴 하지만 그와의 여행이 너무나 기대가 되는 성희다.

"그럼 나는 여행 준비를 해둘게요. 돌아오는 대로 전화해 줘요."

—그래요.

이제 화수는 작전지역을 목전에 둔 모양이었다.

—성희 씨, 이제 전화를 끊어야겠습니다.

"…그래요?"

—아쉽지만 작전이 끝나면 다시 봅시다. 그때까지 건강히 지내요.

"화수 씨도 부디 몸 조심히 돌아오세요. 부탁이에요……."

—난 걱정하지 말아요. 난 천하무적이니까.

"그래요, 천하무적 화수 씨. 일 끝나면 봐요."

—그럽시다.

본격적인 침투 작전이 시작되었고, 화수와 그녀의 통화는 여기서 끝났다.

그녀는 불쑥 자리에서 일어섰다.

"그래, 화수 씨의 활약을 알리는 것이 내가 할 수 있는 최소한의 도리지!"

성희는 성큼성큼 걸어서 다시 아나운서실로 향한다.

*　　　　*　　　　*

북태평양 상공, 화수의 시선이 바다에 머문다.

"최산용 소령, 놈의 위치는?"

—이제 곧 놈의 꼬리가 보일 겁니다.

"자, 모두 스탠바이!"

화수의 명령에 따라 야차 중대원들이 잠수함에 탑승하였다.

이번 작전에 사용될 전술 잠수함은 급류와 얕은 물살에서 사용이 가능하며 육지와 산악 지대를 오갈 수 있도록 설계되어 있었다.

각종 미사일과 전술장비가 다량 탑재된 이 잠수함은 레비아탄의 몸속으로 침투하는데 최적화 된 기체라 할 수 있었다.

개인 군장을 결속시켜놓고 안전벨트를 착용한 중대원들은 이제 곧 바다로 떨어져 내릴 준비를 하였다.

잠수함의 조종석에 앉은 심해 잠수 조종사 알렌 그레이가 화수에게 강하를 요청하였다.

"대장, 이쯤에서 강하하는 것이 좋겠는데?"

"오케이, 아래로 내려가자."

알렌은 최산용에게 출입구 개방을 요청했다.

"아래로 내려간다."

─알겠다. 잠시 대기.

위이이잉……!

서서히 출입구가 개방되며 빨간색 등불이 파란색으로 바뀌었다.

─그린 라이트, 그린 라이트!

"강하하겠다!"

잠수함의 고성능 무한 궤도 장치가 빠르게 기체를 밀어내어 비행기에서 잠수함이 떨어져 내렸다.

펄럭!

비행기에서 아래로 떨어져 내린 잠수함이 낙하산을 펼치며 안정적으로 바다에 안착하였다.

첨벙!

"잠수하겠다. 모두 안전벨트를 풀고 전투를 준비해도 괜찮아."

"알겠다."

화수는 이제 부대원들에게 전투 준비를 명령하였다.

"전투 준비에 들어간다. 모두들 탄약과 장비를 확인해라."

"예!"

그는 긴장된 표정이 역력한 박사들에게는 각 상황에 맞는 유의 사항에 대해 설명하였다.

"우리는 주로 잠수함 안에서 싸울 것입니다만, 때에 따라선 걸어가야 할 때도 있을 겁니다. 그때는 우리 부대원의 뒤를 바짝 따라서 걷고 멈추라는 신호가 떨어지면 곧바로 멈추어야 합니다."

"잘 알겠습니다."

"그리고 마지막으로 유의할 점은 마지막까지 긴장의 끈을 놓치면 안 된다는 겁니다. 아셨죠?"

"예."

그는 박사들에게 권총을 한 자루씩 나누어주었다.

"받으십시오."

"저, 저희들은 총을 쏠 줄 모릅니다만?"

"자신을 지킬 무기가 하나쯤은 있어야 합니다. 쏘는 방법은 어렵지 않아요."

화수는 권총의 손잡이를 오른손으로 잡고 그 아래를 왼손으로 받치는 사격 방법에 대해 알려주었다.

"위와 같은 자세를 잡고 가늠자의 튀어나온 부분과 움푹 들어간 곳을 나란히 정렬해서 쏘면 됩니다. 어렵지 않죠? 참고로 총을 쏠 때엔 안전장치를 풀고, 쓰지 않을 때엔 반드시 안전장치를 해두세요. 잘못하면 오발 사고가 일어나 목숨을 잃을 수도 있어요."

"아, 알겠습니다."

태어나 처음으로 총을 잡아보는 박사들이지만 지금으로선 어쩔 도리가 없었다.

화수는 장비 점검을 마친 대원들에게 사주경계를 명령하였다.

"각자 위치로!"

"위치로!"

일사불란하게 움직여 포지션을 잡은 야차 중대원들이 결연한 표정으로 심해를 바라보고 있을 무렵, 잠수함이 레비아탄의 꼬리에 닿았다.

잠수함 대물 저격총좌에 앉은 김태하가 화수에게 상황을 브리핑하였다.

"꼬리 부분에 안착했습니다. 피부의 각질이 상당히 크군요. 그리고 그 주변으로 엄청난 양의 몬스터가 우글거립니다. 아무래도 각질을 먹고 사는 미생물인 것 같네요."

"미생물이라고 하기엔 너무 큰 것 아니야?"

"뭐, 10㎞가 넘는 덩치에 이 정도면 양호한 편 아닙니까?"

놈의 몸에 기생하는 몬스터들의 숫자만 따져도 도시 하나를 가볍게 날려 버릴 정도이니, 저 속에는 얼마나 많은 몬스터들이 자생하고 있을지 상상조차 되지 않는다.

알렌은 최대 속도로 잠수함을 몰아 레비아탄의 배를 스치듯이 지나갔다.

부아아아앙······!

잠수함이 앞쪽으로 갈수록 몬스터들의 숫자는 점점 줄어들었지만 그 크기는 눈에 띄게 커져 있었다.

특히나 놈의 날개에 붙어 있는 해상 몬스터들의 크기는 거의 집 한 채와 맞먹을 정도로 거대했다.

"이놈, 목욕 좀 시켜야겠는데?"

"놈을 죽이고 난 후에 시키시지요. 안 그래도 이놈을 팔아 먹으려면 세신은 필수일 겁니다."

"후후, 그렇겠지?"

이윽고 화수의 시선이 놈의 노란 눈동자에 머문다.

그는 얼마 전, 놈과의 전투에서 일부러 눈동자를 타격하여 시간을 벌었었다. 눈동자가 제대로 보이지 않아야 콧구멍으로 통해 침투하기에 수월할 것이라고 생각했기 때문이다.

그 계산은 아주 정확하게 맞아떨어졌다.

"놈이 눈치를 채지 못한 것 같아. 이대로 콧구멍으로 들어간다."

"좋아, 다시 안전벨트를 착용한다. 다들 위치로!"

"위치로!"

화수는 박사진들을 데리고 다시 자리에 앉았고, 알렌은 잠수함을 최대 마력으로 몰아 물살에 몸을 맡겼다.

"간다!"

부아아아아아앙!

이제야 조금 눈치를 챈 레비아탄이지만 이미 잠수함은 놈의 비강부 안으로 들어간 이후였다.

쏴아아아아!

거대한 코털들이 잠수함을 걸러내려 좌우로 흔들렸지만 알렌은 그 사이를 요리조리 피해냈다.

알렌이 이번 작전에 꼭 필요한 인물이었던 것은 이러한 정밀 운전이 가능했기 때문이다.

아주 능숙하게 비강부로 돌입한 알렌은 앞으로 10분 후면 비강부를 통과하여 후두로 들어갈 것이라고 예상하였다.

"지금부터는 엔진의 사용을 잠시 자제하고 저소음으로 이동하겠다."

"알겠어."

이제는 야차 중대가 다시 일어설 차례다.

"중대, 전술 대형으로!"

안전벨트를 풀고 각자의 위치로 돌아간 야차 중대는 언제라도 밖으로 뛰쳐나갈 준비를 갖추었다.

＊　　　＊　　　＊

인도네시아 자바섬 중앙 지역, 이곳으로 엘프족의 익룡이 날아들었다.

삐에에엑!

거대한 날개를 펄럭이며 중앙 지역 분화구에 안착한 니켈렌은 드래곤 로드 루키엘드란의 레어를 찾아 화산 아래로 내려갔다.

화산의 안쪽으로 이어진 좁다란 길을 따라서 대략 10분쯤 내려가자, 그 아래에 있던 가디언들이 모습을 드러냈다.

불길이 일렁이는 몸통을 가진 불의 정령왕이 니켈렌을 맞왔다.

―숲의 종족이여.

"로드께 문안 인사를 여쭈러 왔다."

―가자.

불의 정령왕이 니켈렌을 데리고 분화구의 내핵으로 향했다.

꿀렁!

공간이 왜곡 된 분화구의 내핵에는 거대한 날개를 가진 레드 드래곤 루키엘드란이 똬리를 틀고 있었다.

윤기가 흐르는 탐스러운 갈기털이 자리 잡은 머리에는 보라색 다이아몬드가 박혀 있었고 뿔에는 은색 크리스털이 수놓아져 있었다.

루키엘드란은 거대한 은색 눈동자를 들어 니켈렌을 바라보았다.

―족장이 바뀌었다는 소리는 들었네.

"위대하신 드래곤 로드시여, 미천한 엘프가 인사를 드립니다."

넙죽 엎드려 절하는 그에게 루키엘드란이 말했다.

―일어나게. 어차피 한배를 탄 식구끼리 무슨 격식을 차리는가?

"그러나……."

―앞으로 편하게 대하게.

"예, 로드."

니켈렌은 루키엘드란에게 레비아탄과 혼돈에 대해 고하였다.

"얼마 전, 카오스가 부활하였다가 화수라는 인간에게 소멸당하였습니다. 또한, 바다의 괴수 레비아탄이 창궐하여 인간 세상을 들쑤시고 다닙니다."

─이해를 할 수가 없군. 어째서 그런 괴수들이…….

"아무래도 수천 년 전부터 이어진 음모가 있는 것 같습니다. 그렇지 않고서야 지금과 같은 상황을 이해할 수가 없지요."

루키엘드란은 자못 심각한 표정을 지었다.

─우리의 차원이 붕괴되면서 이곳의 아공간이 열려 몬스터가 창궐하였지만, 어쩌면 그보다 훨씬 오래 전에 이곳이 노출되었을 수도 있겠어.

"그렇지만 그때까지 로드께서 눈치를 채지 못했다는 것은……."

─우리 드래곤 일족보다 강력한 누군가가 있었다는 소리겠지.

"……!"

─드래곤 일족도 무적은 아니야. 우리도 한낱 피조물에 불과한 바, 그 어떤 가능성도 배제할 수가 없네.

"그렇다면 로드이시여, 앞으로 우리가 어찌해야 하겠습니까?"

─지금으로선 화수라는 인간을 믿어볼 수밖에.

루키엘드란은 자신의 비늘 조각을 떼어내 그에게 건넸다.

―이것을 인간에게 건네어주게. 나의 레어와 연결되는 포털을 만들어줄 걸세. 만약 레비아탄과의 싸움에서 살아남는다면 반드시 나를 찾아와달라고 부탁해 주게.

"명심하겠습니다."

이윽고 그는 아스타로스에 대해 물었다.

―아스타로스는 좀 어떤가?

"아직은 정정하십니다."

―후후, 그래. 그가 정정하다면 됐다. 나는 그에 비해 지구의 세월을 덜 탔으니 그가 버텨준다면 문제는 없어.

그는 화수에 대한 걱정을 토로하였다.

―답답하군. 내가 인간을 도와서 놈들과 맞선다면 좋을 텐데 말이야.

"언젠가는 방법이 생길 것입니다."

―그래, 우리는 또다시 길을 찾을 것이다.

그의 눈동자에 회한과 함께 희망의 빛이 스쳤다.

*   *   *

대한민국의 새로운 심장부 강하 신도시에 한차례 진동이 일어났다.

쿠그그그그!

현재 시각 저녁 7시, 한창 인파가 몰려 인산인해를 이룰 시간이다. 사람들은 고개를 갸웃거렸다.

"이게 그 레비아탄인가 뭔가 때문에 일어난 진동이라는 건가?"

"그런가?"

아직까지 공습경보가 울리지 않았기 때문에 시민들은 안심하고 가던 길을 갔다.

하지만 그것은 어디까지나 그들의 착각에 불과했다.

쿠르르르릉, 콰앙!

지하철이 지나다니는 철로가 폭발하면서 거대한 그림자가 쑥 하니 공중으로 튀어 올랐다.

강남의 도심 한복판을 거닐고 있던 사람들은 멍하니 그 그림자를 바라보았다.

"저게 뭐야……?"

"구름? 아닌데, 저건……."

"무슨 말도 안 되는 소리야? 강하 신도시에 무슨 지붕이 있다고……."

잠시 후, 공중으로 튀어 오른 그림자가 제 모습을 드러냈다.

크아아아앙!

화르르르르륵!

"끄아아아아악!"

"요, 용이다! 몬스터가 창궐했다!"

놈의 입김 한 번에 빌딩 숲이 초토화되었으며, 시민들은 그 자리에서 즉사해 버렸다. 불길에 타 죽은 사람들의 시신은 한 줌의 재가 되어 어디서 온 누구인지 구분할 수도 없었다.

그야말로 놈은 온 사방을 잿더미로 만들고 다니며 살인을 일삼았다.

"사, 사람 살려!"

"경찰, 아니, 군에 신고해요! 누가 신고 좀 해봐요!"

현재 수도 서울에 상주하고 있는 육군 병력만 무려 5만에 육박했다. 하지만 그 병력은 강하 신도시에서 꽤나 멀리 떨어진 곳에 주둔하고 있었고, 더군다나 수렵을 전담하는 전투사단은 이미 대규모 수렵에 동원된 상태였다.

아마 이대로 시간이 몇 분만 더 지난다면 도시는 초토화될 것이 분명했다.

사람이 떼로 죽어나가고 나서야 경찰이 신고를 받고 출동하였다.

삐용, 삐용!

경찰은 시민의 제보로 출동하였다가 아연실색하였다.

"허, 허억! 저, 저게 뭐야?!"

"이런 씨발, 단순 방화 사건이라고 하지 않았나?!"

"도심에 불이 났다고……."

"젠장! 저건 단순히 불만 난 것이 아니고 웬 용가리가 날아다니고 있잖아! 이게 지금 단순 방화 사건이야?!"

112 신고 센터는 관할 지구대에게 단순 방화 사건을 처리하라는 명령을 하달하였고, 그들은 명령대로 경찰차 두 대에 지구대 병력 6명을 태워서 도심으로 달려온 것이었다.

그런데 막상 도착해 보니 이곳의 상황이 생각보다 더 심각하다는 것을 깨달았다.

경찰들은 그제야 다급히 무전을 날렸다.

"아아, 여기는 강하 신도시 역삼 지구! 지금 하늘을 날아다니는 몬스터가 출현하였다! 수도 방위 사령부에 제보를 부탁한다! 또한, 구원 병력을 지원해 주기를 바란다!"

─몬스터…? 그 소리를 왜 지금 와서 지껄이는 거야?!

"우리도 112 센터의 단순 방화 신고만 받고 출동했다가 지금에서야 사실을 알았다."

─젠장, 수도 방위 사령부에게 지금 당장 연락하겠다!

"알겠다!"

이제 수도 방위 사령부에게 연락이 닿으면 방공 대대와 포병 병력 등이 전투태세를 갖추게 될 것이다.

하지만 강하 신도시는 지하 시설이다. 아무리 빨리 출동한다고 해도 이 복잡한 도심으로 대규모 병력이 빠르게 뚫고 들어오는 것은 불가능하다.

아마 5분 대기조나 특수부대가 먼저 투입되겠지만, 그동안에도 사람들은 계속해서 죽어나갈 것이 분명했다.

경찰들은 특공대와 전, 의경들을 전부 가용하여 도심으로 진입하는 입구를 확보하고 혼란에 빠진 시민들을 통제하기 시작하였다.

"시민 여러분! 특공대와 전, 의경의 지시에 따라서 지상으로 대피하여주십시오! 다시 한 번 말씀드립니다……."

강하 신도시에는 방호시설이나 대공포대 등이 설치되어 있지 않기 때문에 몬스터의 습격에는 무방비 상태였다.

이미 수렵 사령부 산하 야차 중대에서 수차례 경고를 했었지만 강하 신도시 상인 연합회는 그 경고를 무시하였다.

그 결과, 사람들이 대피할 공간도 제대로 확보하지 못했다.

우르르르르!

"꺼져! 내가 먼저 나갈 거야!"

"씨발, 다 꺼져!"

퍼억!

"꺄아아악!"

"으아아앙……!"

건장한 남성들은 자신의 앞을 막는 여자와 아이들을 힘으로 제압하여 입구로 올라가려 애를 썼고 노약자와 어린이, 여자들은 그들에게 밀려나 죽거나 다치기 일쑤였다.

경찰들은 상황을 통제할 수 없다고 판단하였다.

"제기랄! 이 상태라면 몬스터에게 죽는 사람보다 지상으로 후퇴하다가 죽는 사람이 더 많겠어!"

"하지만 조금이라도 더 많은 사람을 살리자면 어쩔 수 없습니다! 우리가 할 수 있는 최선이 될 겁니다!"

바로 그때, 경찰들의 머리 위로 거대한 그림자가 날아들었다.

쿠구구구구구!

후우우욱, 크아아아앙!

엄청난 양의 불길이 경찰 병력 위로 쏟아져 내리자, 그들은 마치 화염방사기 앞 성냥개비처럼 처참하게 타 죽어갔다.

화르르르륵!

"끄아아아아악!"

"전 병력, 지금 즉시 사격하라! 사격을 실시하라!"

특공대는 물론이고 전, 의경 병력들 모두 실탄과 총을 지급받았기 때문에 대응 사격을 하는 것이 가능하였다.

하지만 대응 사격을 한다고 해서 저 무지막지한 용을 어찌할 수는 없었다.

두두두두두두!

티잉!

"초, 총알이 안 먹힙니다!"

"제기랄!"

두껍고 단단한 비늘이 총알을 모조리 튕겨내는 바람에 소총 사격은 무용지물이 되어버렸다.

결국 방공 대피소 인근에 몰려 있던 경찰 병력 1천 500명 중 500명이 단 3분 만에 궤멸되는 사태가 벌어졌다.

화르르르르륵, 콰앙!

"끄아아아아악!"

―제1중대, 전멸입니다!

"젠장, 젠장!"

구조대 지휘관은 이제 더 이상 자신들의 힘으론 어쩔 도리가 없다는 것을 절감하였다.

'우리는 시민들과 함께 산화할 것이다!'

강하 신도시 도심에 몰려 있던 시민들의 숫자만 어림잡아 40만이 넘었고, 그들이 한꺼번에 몰려 병목현상을 빚었으니 탈출구 앞에 몰려 있던 시민들은 전부 불에 타 죽을 것이었다.

크르르르르르릉……!

하늘을 날아다니며 한차례 숨을 고르던 초대형 몬스터는 다시 한 번 목덜미 아래쪽을 부풀리기 시작했다.

후우우우욱!

경찰들은 눈을 질끈 감았다.

"으윽……!"

바로 그때, 하늘에서 한 줄기 빛이 떨어져 내렸다.

피융!

그 빛줄기는 용의 심장을 관통하였다.

스스스스스, 팟!

퍼억!

끄아아아아앙!

용은 몸부림을 치며 서서히 아래로 떨어져 내리기 시작하였다. 하지만 놈은 그리 쉽사리 죽지 않았다.

직선 길이 80미터에 이르는 거대한 몸을 부르르 떨며 지상으로 내려온 드래곤은 자신의 앞에 불을 흩뿌렸다.

크아아아아앙!

화르르르륵!

하지만 그 불길은 한 줄기 빛이 만들어낸 작은 점을 뚫지 못한 채 반원을 그리며 무력화 되었다.

놈은 적지 않게 당황한 것 같았다.

……?!

놀랍게도 놈의 심장을 꿰뚫고 화염의 기둥을 막아낸 빛줄기는 사람의 것이었다. 서서히 인간의 형상을 갖춰가던 빛줄기는 이내 걸걸한 사자후를 토해내었다.

쿵!

그의 목소리가 터뜨린 사자후 덕분에 용은 고막이 파열되어 순간적으로 정신을 잃었다.

꼬르르르륵…….

제아무리 대단한 신체를 가진 용이라곤 해도 정신을 잃고선 싸울 수가 없었다.

사내는 허리춤에 있던 녹색봉을 꺼내 들었다.

그의 손에 있던 녹색봉이 한차례 노란빛을 내더니, 이내 전봇대만 한 크기로 변하였다.

스스스스스스!

승천하는 청룡이 그려진 녹색봉은 거침없이 용을 두들겨 패기 시작했다.

퍽퍽퍽퍽퍽!

끄헝, 끄헝, 끄헝, 끄헝!

사람들은 자신들의 두 눈을 의심하였다.

"…지금 저 몬스터를 몽둥이로 두들겨 패고 있는 거 맞지?"

"아마도……?"

한 대 맞을 때마다 눈물을 찔끔 짜내는 용을 보고 있자니 통쾌하면서도 뭔가 안타까움도 느껴졌다.

한참을 그렇게 매타작을 하던 사내가 이내 주먹을 뻗었다.

우우우우우웅……!

순간, 사내의 손이 금색으로 물들더니 그 권이 용의 형상으로 바뀌어갔다.

쿠그그그그그그!

"강룡유희!"

사내가 손을 펼쳐 장을 치자, 거대한 황색용이 앞으로 뻗어나가며 뇌전을 뿜어냈다.

츠츠츠츠츠!

콰광!

천지가 진동하고 먹구름마저 드리워 오는 그의 장법은 가히 상상을 초월하는 힘을 발현시켰다.

내가진기로 이뤄진 용을 바라보는 진짜 용은 도무지 이를 믿을 수 없다는 표정이었다.

끄으으으웅……?

콰앙!

황색의 용은 이 육중한 몸을 가진 몬스터를 뚫고 지나가면서 내장과 뇌를 파열시켜 버렸다.

끼이이이잉!

크흐으으으으…….

붉은색 몸통의 용은 그제야 숨을 거두었다.

"놈, 다음 생엔 부디 좋은 모습으로 태어나여라."

황색용이 뿜어낸 뇌전과 빛무리가 사그라진 그곳에 선 사내는 누런 술 호로를 손에 쥐고 있었다. 그는 어느새 작아진 봉에 호로를 매달아 술을 들이키기 시작했다.

꿀꺽, 꿀꺽!

"어허, 좋다!"

"…거지?"

옷이라기보다는 누더기를 대충 걸친 저 걸인이 과연 몬스터를 때려잡은 그 초인인지, 경찰들은 눈을 비비적거렸다.

하지만 대부분의 경찰들이 그 모습을 똑똑히 지켜보았으니 헛것을 본 것은 아닐 터였다.

술을 한껏 퍼마신 걸인은 이내 다시 한 줄기 빛이 되어 사라져 갔다.

파밧!

피융!

그가 사라지고 난 후, 한참 동안이나 그 자리에 멍하니 서 있던 경찰들은 꽤 오랜 시간이 지나서야 정신을 차릴 수 있었다.

"…지휘관님, 이제 슬슬 주변을 정리하시죠."

"험험, 그래야지. 소방서에 연락하고 시신을 수습할 수 있는 전문가들을 섭외해."

"예, 알겠습니다."

이리하여 몬스터 습격 사건이 대략적으로 마무리 되었다.

제4장
진실

　작전 시작 나흘 째, 야차 중대는 레비아탄의 식도로 예상되는 곳에 도달했다.

　휘이이잉……!

　화수는 잠수함 해치를 스치고 지나가는 바람을 느껴보았다.

　"의외로군요. 몬스터의 숨결에는 더러운 악취만 가득할 줄 알았는데, 의외로 향긋한 냄새가 가득한데요?"

　"어쩌면 향유고래처럼 몸속에 향수가 되는 물질을 지니고 있을지도 모르지요."

지금까지 수많은 해상 생물과 몬스터를 먹어치웠을 테니, 놈이 그 어떤 특수한 능력을 가지고 있다고 해도 놀랄 일은 아니었다.

산들바람을 타고 레비아탄의 식도 끝에 도달한 일행은 소화기관으로 넘어가기 위해 무한•궤도 장치를 접고 와이어 발사기를 펼쳤다.

철컥!

"벽면을 타고 곧바로 올라간다."

"알겠다."

화수는 연구진들을 의자에 앉히고 대원들 역시 손잡이를 꽉 잡고 중심을 잡도록 지시하였다.

"흔들림에 주의하라."

"예, 대장님."

잠시 후, 잠수함이 식도에서 약간 위로 꺾어진 것으로 예상되는 소화기관으로 도약했다.

휘릭!

하지만 놀랍게도 그들이 올라선 곳에는 이제까지 온 방향으로 다시 뻗어 있는 긴 공간이 보였다.

그런데 신기한 것은 이곳에는 울창한 수풀이 우거져 있어 작은 생태계가 조성되어 있다는 점이었다.

일행은 고개를 갸웃거렸다.

"어라? 이건 또 뭐야?"

"아무래도 레비아탄의 몸에 보였던 식도와 기도는 이런 생태계를 조성하기 위한 토지였던 모양입니다."

"괴물 안에 또 다른 토지가 있다……?"

"믿기 힘들지만 지금으로선 그렇게 밖에 설명할 길이 없군요."

"하지만 무엇 때문에 이런 수풀을 만들어놓고 산단 말입니까?"

"그건 이제부터 천천히 알아봐야 할 문제이지요."

"흠……."

숲의 위쪽은 꽉 막혀 있고 아래쪽 역시 단단히 막혀 있어서 그들이 나아갈 수 있는 길은 온 길로 다시 되돌아가는 것뿐이었다.

몬스터 전문가들은 이러한 현상이 어쩌면 당연한 것이라고 말했다.

"몬스터는 미지의 생명체입니다. 애초에 그것을 전부 다 이해한다는 것은 어불성설이지요."

"그렇지만 생명체 속에 숲이라니……."

"아무튼 놈의 특성을 하나 더 파악했으니 된 것 아닙니까? 적어도 이곳이 소화기관과는 상관이 없는 것이라고 판단 내릴 수 있으니까요."

"하긴, 만약 놈의 강력한 위산이 작용했다면 숲은 제 형태를 갖추고 있지도 못할 테지요."

일행은 잠수함의 무한 궤도 장치를 다시 펼쳐 천천히 수풀을 헤치고 지나갔다.

찌르르르릉!

곳곳에서 풀벌레 우는 소리도 들리고 간간이 반딧불이가 날아다녀 마치 깊은 산중의 시골 마을에 온 것 같은 착각이 들었다.

화수는 해치를 열어 폐부 깊숙이 공기를 빨아 당겼다.

"흐음, 하아! 좋은데요?"

"확실히 청정한 숲이군요. 하지만 조심해야 합니다. 몬스터들은 이런 자생 환경을 상당히 좋아하니까요."

최지하는 레비아탄의 숲을 가만히 둘러보더니 문득 이런 생각을 했다.

"그런데 말이야, 햇빛도 없는데 어떻게 녹색식물을 키워냈을까?"

"어라? 그러고 보니 그렇군. 이곳은 햇볕이 아예 들어올 수 없는 구조인데 무슨 수로 광합성을 했을까?"

학자들은 그녀의 의문에 동의하였다.

"저희들도 같은 생각입니다. 녹색식물은 원래 광합성을 하면서 살아가야 하는데, 이곳엔 그럴 만한 환경이 조성되지 못

합니다. 도대체 무슨 수로 식물이 큰 것일까요?"

"아무튼 조금만 더 가봅시다. 그럼 의문이 풀리겠지요."

일행은 우거진 숲을 헤치며 계속해 앞으로 나아갔다.

*   *   *

수풀의 중앙 지역으로 생각되는 곳에 잠수함이 멈추어 섰다.

일행이 이곳에 잠수함을 세운 이유는 중앙 지역에서부터 금빛 물줄기가 솟아 나오고 있었기 때문이다.

쏴아아아아아!

햇빛을 받지 않은 물줄기가 이렇게 진한 금색으로 빛날 수 있다는 것은 도저히 과학적으론 설명이 되지 않는 현상이었다.

학자들은 아무래도 이 숲을 유지할 수 있었던 비결이 바로 이 금빛 물줄기가 아닐까 하고 추측하였다.

"자세한 것은 모르겠지만, 물에 손을 담가보면 마치 햇살에 달궈진 물그릇의 느낌이 난다는 겁니다. 이것은 다시 말해서 물에 자외선의 성분이 들어 있을 수도 있다는 뜻이지요."

"하지만 물에 자외선 성분이 섞이는 것이 말이 됩니까?"

"그렇게 따지면 레비아탄이 이 땅에 창궐한 것 자체가 말이 안 되는 것이지요."

"으음, 그건 그렇군요."

"지금 우리가 과학으로 밝힐 수 있는 것은 아주 극소수에 불과합니다. 레비아탄은 고사하고 인간이 어디서 온 것인지도 갑론을박하는 판국에 우리가 과연 뭘 제대로 알 수 있겠습니까? 그저 지금까지 밝혀진 데이터를 믿고 가는 수밖에 없지요."

학자의 말처럼 지금 이들이 알 수 있는 사실은 자신들이 아직 목숨을 잃지 않았다는 것뿐이었다.

정도윤은 밀폐 용기에 물을 조금 채취하여 샘플을 만들어 두었다.

"이로써 우리가 참고할 수 있는 자료가 하나 더 생긴 셈이네요."

물 말고도 각종 식물의 샘플을 채취해서 가방에 담은 연구진이 출발 준비를 알린다.

"갑시다! 다 됐습니다!"

부르르릉!

잠수함의 무한 궤도 장치가 다시 돌기 시작했다.

이제 대략 5km쯤 온 것으로 예상되니, 온 만큼만 더 전진하면 다음 칸으로 이동할 수 있을 터였다.

하지만 야차 중대의 잠수함은 이내 운전을 멈출 수밖에 없었다.

쉬이이이이익!

"녹색뱀? 살모사의 아종인가?"

"그렇다고 하기엔 너무……."

야차 중대의 앞을 막아선 녹색 뱀은 몸길이가 무려 500미터에 육박하였고, 등, 배, 꼬리에 날개처럼 생긴 비늘이 달려 있었다.

가만히 놈의 생김새를 살펴보던 정도윤이 화들짝 놀라며 외쳤다.

"허, 허억! 저놈은 색만 다르지 레비아탄과 아주 판박이입니다!"

"그렇다면 녹색뱀의 정체가 레비아탄의 새끼라는 소리입니까?"

"그렇게밖에 설명할 길이 없습니다."

학자들은 정도윤의 가설에 힘을 실어주었다.

"그렇게 치면 모든 것이 다 맞아떨어집니다. 이곳에 빈 공간을 만들어두고 물과 식물을 공급하여 생태계를 조성한 것은 모두 저 새끼를 위한 것이지요. 한마디로 레비아탄은 이 세상에서 가장 안전한 자신의 몸속에 새끼를 넣어놓고 또 다른 괴물로 길러내고 있었던 겁니다."

"허, 허어!"

비록 가설이긴 하지만 레비아탄은 자신의 몸을 초대형 부화장으로 만들어 사용하고 있었던 것이다.

화수는 당장 저놈을 요절내어 놈의 씨앗을 끊어버리겠다고 선언하였다.

"전투 준비!"

"예!"

"자, 잠깐만요!"

"……?"

한시라도 레이바탄과의 악연의 사슬을 끊어버리고 싶은 화수와는 다르게 학자들은 저놈들에게서 얻을 수 있는 모든 것을 얻어내고자 하였다.

"저놈들을 죽이는 것도 좋습니다만, 그보다 더 중요한 것은 레비아탄의 특성에 대해 알아내는 겁니다. 그렇게만 된다면 갑자기 창궐하기 시작한 초대형 몬스터들에 대해서도 알아낼 수 있겠지요."

"아아……!"

야차 중대는 일단 놈이 눈치채지 못하도록 뒤로 멀찌감치 떨어져 지켜보기로 했다.

쉬이이이이익!

"놈이 아직 어려서 그런지 우리를 먹이로 인식하지는 못한 것 같네요."

"아마 처음 보는 물건이라 쉽사리 공격하지 못하는 것이겠지요."

녹색 레비아탄은 아름드리나무 아래에 가만히 똬리를 틀고 앉아 전방을 주시했다.

학자들은 저런 행동이 휴식을 취하는 한편, 공격을 위한 준비 자세라고 판단하였다.

"아무래도 이제 곧 사냥이 시작될 것 같네요."

"사냥이요?"

"제 생각엔 10㎞나 되는 숲을 만들어놓은 것은 사냥법을 가르치고 스스로 생존 본능을 함양시키기 위함인 것 같아요."

"하긴, 숲에서 살던 놈을 밖으로 데리고 나가는 것은 위험할 테니까요."

"그나저나 레비아탄은 바다에 사는 놈인데 어째서 숲에서 사는 아종이 나온 것일까요?"

"돌연변이이거나 원래 종이 다양한 것일 수도 있지요."

"흠, 그렇군요."

"하지만 정확한 것은 아무도 몰라요. 놈에 대해서 알려진 것은 우리가 알아낸 것이 전부이니까요."

잠수함에 앉아 가만히 놈을 지켜보고 있던 바로 그때였다.

파바밧!

"…뭔가 움직였어요!"

일행의 시선이 우거진 수풀 사이로 향한다.

꾸우?

순간, 화수는 고개를 갸웃거렸다.

"어라? 저건 뭐지? 처음 보는 동물인데."

몸집은 거의 물소만 했지만 생김새는 꽃사슴을 닮은 저놈은 이 세상 어디에서도 찾아볼 수 없는 종이었다.

학자들은 초대형 꽃사슴의 등장에 대해 한 마디 했다.

"이곳에는 종의 다양성이 보장되어 있습니다. 닥치는 대로 잡아먹고 배에 집어넣었으니, 그럴 수밖에요. 아마도 저놈 역시 레비아탄이 마음먹고 수집한 DNA를 기반으로 만들어졌을 가능성이 높아요."

"그렇다면 놈은 DNA수집을 위해 사냥을 하는 것이군요."

"뭐, 정확한 것은 조금 더 두고 봐야 하지 않겠어요?"

잠시 후, 레비아탄 새끼는 꽃사슴을 발견하곤 곧장 몸을 더 웅크렸다.

아마도 사냥감을 단 일격에 낚아채기 위해서 몸을 용수철처럼 이용하려는 것 같았다.

학자들은 고개를 끄덕였다.

"그래, 저놈은 기본적으로 뱀의 DNA가 기반이 된 것이 분명해요. 저 공격 방식, 전형적인 독사의 사냥법입니다. 몸을 웅크리고 숨어 있다가 단 일격에 먹이를 물어서 기절을 시켜 버리지요. 아마 저놈의 이빨에는 엄청난 강도의 맹독이 숨어 있을 확률이 높아요."

"그러니까 저놈은 먹이를 질식시키는 방식이 아니라 독으로 사냥하는 것이군요?"

"그렇습니다. 잘못 걸리면 아마 뼈도 못 추리겠지요."

레비아탄 새끼는 가만히 먹이를 노려보고 있다가 총알처럼 쇄도해 나갔다.

휘리리리릭!

파밧!

꾸우!

거대 사슴이 놈의 행동을 눈치채고 뒷발질로 땅을 박차자, 그 몸이 순식간에 20미터 이상을 날뛴다.

하지만 레비아탄에겐 그저 몸을 동그랗게 말았다가 튕겨 나가는 것 말고도 더 대단한 무기가 있었다.

파다다다닥!

"날개!"

"오호라, 저놈은 레비아탄의 유전자로부터 물려받은 지느러미를 날개로 승화시켜서 사용하는군요."

"세대를 거치면서 자신의 생활 패턴에 맞도록 진화를 한 것이군요."

"…대단해요, 단 한 세대 만에 저렇게 진화를 할 수 있다니 말입니다."

결국 새끼 레비아탄은 거대 사슴을 일격에 제압할 수 있었다.

꽈득!

우드드드드득!

단 한 방에 목뼈가 부러져 죽은 사슴은 온몸에 독이 퍼져 눈과 코로 시뻘건 피를 흘리며 쓰러졌다.

털썩.

레비아탄은 거대한 입을 쩍 벌려 사슴의 머리부터 천천히 뜯어 먹기 시작했다.

뚜둑, 뚜둑!

쩝쩝, 크아아아앙!

불과 몇 번의 저작질을 통하여 사슴을 먹어치운 레비아탄은 그 즉시 밝은 빛을 내며 분화하기 시작했다.

끼이이이잉……!

그리고 잠시 후, 놈은 네 쌍의 발이 생겨나 완벽한 도마뱀의 형태로 변신하였다.

쿠오오오오오!

"…그 즉시 진화했어요!"

"하지만 발의 생김새가 도마뱀의 것과는 조금 다른데요?"

"발굽이…….."

"저놈, 아까 사슴을 잡아먹으면서 그 다리를 취한 겁니다."

"저게 가능한가요?"

"아무래도 저놈들은 즉석에서 DNA를 합성하는 것 같습니다. 그래서 불과 한 세대를 거쳤음에도 불구하고 형질이 저렇게까지 변한 것이지요."

"무서운 놈들이군요."

화수는 이제 놈을 관찰할 만큼 관찰했으니 죽이는 것이 마땅하다고 생각했다.

"자, 그럼 더 이상 지체할 것 없이 놈을 잡아 죽입시다. 더이상 내버려두었다간 과연 어떤 일이 벌어질지 몰라요."

"그래요. 그렇게 하는 편이 좋겠습니다."

화수는 야차 중대의 전투 인원에게 당장 저놈을 잡기 위한 작전을 설명하였다.

"다리가 생겼다곤 해도 어차피 저놈은 뱀이다. 아직 다리에 적응하기 전이니 목덜미만 제대로 옭아매도 쉽게 제압이 가능할 거야."

"하지만 그렇게 하자면 아주 빠른 희생양이 있어야 할 텐데?"

기계 기술자 가브리엘은 자신이 그 문제를 해결할 수 있다고 자신했다.

"내가 이곳까지 왜 왔겠어? 다 이럴 때 활약하려고 온 것이지."

"아아, 로봇!"

"저놈을 잡아 족치는 것은 불가능해도 유인하는 것은 가능해. 아직까지 어려서 사리 분별이 어려울 테니 살살 약을 올리면서 꿰어내면 쉽게 미끼를 물 거야."

화수는 그녀의 의견을 즉각 수렴하였다.

"좋아. 그럼 가브리엘이 저놈을 유인하면 우리가 뒤에서 와이어를 발사하여 대가리를 고정시킨다. 그 후에 대가리를 한 방에 으깨서 사냥을 끝내는 것이지."

"과정은 복잡하지 않지만 놈을 어떻게 한 방에 쓰러뜨리지? 어지간한 총은 아예 듣지도 않을 텐데."

"총은 안 들어도 망치는 듣겠지. 와일드코일로 망치를 만들어서 두들겨 패면 일격에 뇌진탕에 오지 않겠어?"

"아하! 베는 것은 불가능해도 부러뜨리는 것은 가능하다?"

"뭐, 그런 셈이지."

화수는 이제 작전을 모두 짜고 실행에 옮기기로 한다.

"알렌, 해치를 열어줘."

"알겠어."

우웅……!

해치가 열리는 소리가 들리자, 레비아탄이 화들짝 놀라 고개를 돌렸다.

끼헥……?

"자식, 놀랄 것 없다. 어차피 뒈질 테니까."

가브리엘은 잠수함에 설치해 두었던 로봇의 자동 조립기를 작동시켰다.

우우우우웅……!

로봇 자동 조립기는 몬스터의 시신을 분해하여 만들어진 부품을 가지고 도면대로 제작해 주는 기계다.

이 기계 한 대만 있으면 가브리엘이 만들어낸 어지간한 발명품들은 전부 뽑아낼 수 있다.

대략 30초 후, 가장 기본적인 모델인 G—1A가 모습을 드러냈다.

끼릭, 끼릭.

대략 30㎝에 달하는 크기의 로봇이지만 그 가성비는 타의 추종을 불허할 정도다.

그러나 아직까지 G—1A의 위력을 맛보지 못한 레비아탄은 호기심에 이끌려 슬금슬금 다가오기 시작했다.

쉬이이이익!

가브리엘은 미소를 지었다.

"우리 꼬물이, 이제 뒈질 시간이네?"

끼헤엑?

그녀는 원격조종장치의 버튼 중에서도 자폭 버튼을 눌렀다.

딸깍.

그러자, 높이 5미터의 거대한 불기둥이 솟구쳐 오른다.

콰앙!

끄이에에엑!

한 방 제대로 얻어맞은 레비아탄은 눈이 뒤집어져 버렸다.

그사이 그녀는 또 다른 G—1A 두 대를 뽑아내어 놈의 주변을 어지럽혔다.

끼릭, 끼릭!

크르르르릉, 크아아앙!

생각보다 더 단순한 레비아탄 덕분에 야차 중대는 작전을 펼치기가 훨씬 수월해졌다.

"잠수함의 와이어를 발사한다."

—입감.

알렌은 잠수함의 방향을 돌려 레비아탄의 목덜미에 와이어 두 개를 꽂아 넣었다.

퍼억!

끼에에에엑!

목덜미를 관통한 와이어가 바닥에 안착하자, 놈의 몸통도 함께 바닥으로 내려앉았다.

쿠웅!

이제 화수가 나서 놈의 머리를 후려칠 차례다.

"자, 그럼 손 좀 봐줄까?"

그는 식양과 와일드코일을 사용하여 직경 15미터의 거대한 망치를 만들어냈다.

쿠그그그그!

학자들은 화수의 놀라운 능력에 입을 쩍 벌렸다.

"허, 허억! 저게 뭐야?! 설마하니······."

"우리 대장에겐 몬스터를 흡수할 수 있는 능력이 있습니다. 뭐, 스스로 진화한다고도 할 수 있겠지요?"

이윽고 화수는 망치로 레비아탄의 머리를 사정없이 내려쳤다.

"으랏차차!"

쾅, 쾅, 쾅, 쾅······!

무려 열네 방의 망치질을 맞은 레비아탄은 눈알이 튀어나온 채로 쭉 뻗어버렸다.

끄헤에엑······.

"이놈, 생각보다 맷집이 더 좋은데?"

"대장, 이놈을 잡았으니 심장은 대장이 먹어치우는 것이 어때? 그래야 이놈들이 어떻게 진화하고 발전하는지 더 쉽게 알아내지."

"으음, 그럼 그럴까?"

화수는 흡성대법으로 몬스터의 심장을 단숨에 빨아들이기

시작했다.

슈가가가가각!

레비아탄의 배 속에서 심장만 쏙 빼먹은 화수는 놈의 기억을 하나하나 상기시키기 시작했다.

끼이이잉……!

"으윽!"

그는 스치는 기억 속에서 레비아탄의 몸에 대한 비밀 몇 가지를 파악해 냈다.

학자들이 긴장한 가운데, 그가 조심스럽게 입을 열었다.

"…놈의 몸속에는 총 여덟 마리의 새끼가 있어. 그중에서 이놈은 가장 단순하고 어린 개체였지."

"그럼 이것보다 더 큰 새끼들이 있단 말이야?"

"이제 일곱 마리 남았어. 그놈들을 잡고 마지막 동굴을 지나면 곧바로 심장으로 가는 길이야."

"그렇다면 죽이 되든 밥이 되든 일곱 마리를 모두 잡아야 한다는 거네?"

"그런 셈이지."

"이런……."

학자들은 지금 이 상황을 이해할 수 없다는 듯이 바라보았다.

"그, 그런데 강화수 대령님. 방금 전 그것은……."

"걱정하지 마세요. 제가 원래 좀 특별한 능력이 있습니다. 아마 자료를 통해서 이미 전해 들으셨을 텐데요?"

"몬스터를 흡수한다는 소리는 얼핏 듣긴 했지만 그 기억까지……."

"어쩌다 보니 생긴 능력입니다. 어쩌면 몬스터를 박멸하는 데 결정적인 역할을 하게 될 지도 모르고요."

"그, 그렇군요."

"아무튼 나는 몬스터의 적이니 무서워할 것은 없습니다."

화수가 특별한 능력을 가지고 있다는 것은 아주 극소수의 사람들만 아는 기밀이지만, 그것을 눈으로 보여줘도 믿을 사람은 그리 많지 않았다.

아마 과학자들은 지금 엄청난 혼란을 겪고 있을 것이 분명했다.

하지만 그는 이 모든 것을 설명할 시간이 없었다.

"아무튼 어서 갑시다. 갈 길이 멀어요."

"네……."

일행들은 다시 잠수함에 올라 길을 재촉하였다.

*   *   *

강하 신도시가 몬스터로 인해 한차례 홍역을 앓은 후, 정부에선 수도를 비롯한 대한민국의 전 지역을 점검하기 시작했다.

지금까지 몬스터가 점거했었던 구역만 집중적으로 수렵했던 육군은 부랴부랴 방향을 돌려 병력을 분산시켰던 것이다.

수렵 사령부는 거대 몬스터를 수렵할 수 있는 최정에 인원들이 전부 레비아탄을 경계하고 수렵하는데 동원되었음에 탄식을 내뱉었다.

그런 가운데, 조금 더 심각한 일이 벌어지고 말았다.

수도 서울의 지하철 역사에 엄청난 숫자의 몬스터들이 창궐하게 된 것이었다.

수렵 사령부는 이 안으로 사단급 병력을 급파하려 하였지만, 선발대가 채 1분도 지나지 않아 전멸하고 말았다.

결국 수도 방위 사령부는 지하철을 모두 폐쇄 조치하고 병력을 집결시켜 대규모 공습을 준비하였다.

그러나 이 계획은 용산역 인근 상인 연합회의 반대로 저지되고 말았다.

그들은 애초에 경찰들이 초도 조치를 잘못하여 몬스터가 창궐하였고, 제때 군부대를 동원하지 못하여 이와 같은 일이 벌어졌다고 주장하였다.

이 사건은 청와대까지 올라가 대통령의 귀에까지 들어갔다.

이른 아침, 대통령의 면담 요청을 받은 수도 방위 사령관이 청와대를 찾았다.

한명희는 자신과 마주한 수도 방위 사령관 방석문 중장에게 현 사태에 대한 의견을 물었다.

"사령관께서 한 번 말씀해 보시지요. 이 사태에 대해서 어떻게 생각하십니까?"

"…우선, 전문 병력의 부재와 레비아탄 사태와 겹쳐 일어난 비극이라고 봅니다. 현안을 해결할 수 있는 것은 지하철도를 폐쇄시키고 그곳을 소탕하는 것뿐입니다."

"하지만 상인 연합회가 저렇게 자신들 배에 칼을 들이대며 죽겠다는데 어떻게 수렵을 하겠습니까?"

"그, 그건……."

"지금 이 사안은 반드시 해결을 봐야만 하는 사안입니다. 어떻게 하면 좋겠습니까?"

한명희는 이 사태의 본질이나 그 배후에 대해선 별 관심이 없었다.

그가 관심을 갖는 것은 사건의 해결이었다.

"어떻게 해서든 수렵을 마무리 지을 수 있는 방법을 찾아오세요."

"지, 지금 당장 말입니까?"

"그럼 당장 손가락이나 빨면서 기다릴까요?"

"하지만 강화수 대령도 없는 판국에……."

한명회가 날카로운 눈빛으로 그를 비판하였다.

"이봐요, 중장. 당신은 강화수 대령이 없으면 사태 해결을 하지 못하는 허수아비입니까?"

"그, 그건……."

"중장, 올해로 군대에 몇 년째 계시는 거죠?"

"35년쯤 되었지요."

"그럼 당신이 강화수 대령보다 20년 넘는 선배인데, 그에게 의지를 해야겠습니까?"

"아니요, 그건……."

"제 아무리 강화수 대령이 뛰어난 사람이라곤 해도 사태 해결에 대한 비책을 마련하는 능력은 당신이 더 뛰어나다고 믿습니다. 아닙니까?"

"……."

"할 수 있지요?"

방석문 중장은 슬며시 고개를 끄덕였다.

"…죄송합니다. 제가 현재 저의 위치를 파악하지 못하고 까마득한 후배에게만 모든 것을 떠민 것 같군요. 면목 없습니다."

"이제라도 알았으니 됐습니다."

그는 한명희에게 경례를 올렸다.

척!

"중장, 방석문! 이번 사태를 책임지고 해결하겠습니다!"

"그래요. 반드시 그렇게 해주세요."

"예!"

이윽고 방석문이 돌아서려는데, 한명회가 불현듯 물었다.

"아 참, 경찰들에게 듣기론 무슨 걸인인가 뭔가 하는 사람이 레서 드래곤을 잡았다고 하던데, 아는 바가 있습니까?"

"아니요, 없습니다."

"뭐, 그래요. 그럴 줄 알고 내가 그를 수소문해 두었습니다. 만약 그의 소재가 파악되면 곧바로 수렵할 수 있도록 준비를 해주세요."

"예, 알겠습니다."

방석문이 청와대를 나서 전장으로 향했다.

제5장

고전

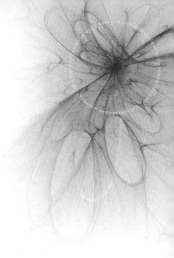

　10㎞에 달하는 숲을 지나고 나니 기온이 뚝 떨어져 잠수함
의 잠망경에 서리가 끼기 시작했다.

　끼긱, 끼긱…….

　손수건으로 내부에 낀 성에를 없앤 화수는 전방의 풍경을
바라보았다.

　바닥에는 얼음이 두껍게 얼어 있었고 사방은 칠흑같이 어
두워 한 치 앞을 바라보기도 힘들었다.

　"마치 툰드라지대에 온 것 같군."

　"북극의 겨울을 보는 것 같습니다. 이러다가 정말 설인이라도 튀어나오는 것 아닌지 모르겠습니다."

전술 잠수함은 스노우모빌 기능이 내장되어 있지 않기 때문에 임시로 스노우 체인을 묶었는데, 그래서 제 속도를 내지 못하는 상황이었다.

"만약 여기서 엄청난 스펙을 가진 괴물이라도 만난다면 참으로 난감한 상황인데 말이죠."

"쉿, 말이 씨가 됩니다."

레비아탄의 내부에 뭐가 있을지 아무도 모르는 상황에서 그런 끔찍한 소리는 사절이다.

털털털…….

화수와 박사들이 농담을 주고받고 있는데 잠수함이 갑자기 덜덜 떨리며 멈추어 섰다.

"제기랄, 엔진의 부동액에 문제가 생긴 것 같아."

"부동액이 어떻게 되었다는 거야? 얼었다는 거야?"

"언 것은 아닌데 엔진 내부에서 액화 현상이 일어난 것 같아. 잘못하면 엔진오일까지 전부 갈고 출발해야 할 것 같은데?"

"이, 이런……."

알렌은 황문식과 가브리엘을 불러냈다.

"같이 가자. 혼자 정비하면 시간이 오래 걸리잖아?"

"안 그래도 그럴 참이었어."

벌써 장비들을 챙긴 황문식과 가브리엘은 방한복으로 갈아입고 해치를 열었다.

끼이이이익!

"이런, 해치도 잘 안 열리는데?"

"밖이 그만큼 춥다는 소리겠지."

황문식은 김태하와 백성희, 김예린에게 뒤를 봐줄 것을 부탁했다.

"스나이퍼 삼 인방, 뒤 좀 봐줄 수 있지?"

"알겠어."

김태하는 대물 저격총, 김예린은 지정 사수 소총, 백성희는 반자동 저격총을 챙겨서 정비팀의 뒤를 따른다.

알렌과 가브리엘이 잠수함의 엔진부를 점검하고 황문식이 전자 기기 장치를 손보기로 했다.

철컹!

잠수함의 보닛에 해당하는 측면의 엔진부를 연 알렌과 가브리엘의 표정이 딱딱하게 굳었다.

쉬이이이익…….

"제기랄, 무슨 연기가 이렇게 많이 나?"

"아무래도 엔진 내부가 타버린 것 같아. 아예 엔진을 뜯어내서 살펴봐야겠는데?"

한편, 황문식은 전자기기 장치에서의 문제점을 찾아냈다.

"어이, 알렌! 여기 좀 봐!"

"뭔데?"

"중앙 통제장치의 역할을 하는 컴퓨터가 아예 맛이 가버렸는데? 아무래도 온도가 너무 낮아서 컴퓨터가 먹통이 된 것같아. 여분이 남아 있을까?"

"흠……."

가브리엘은 장비 가방에서 컴퓨터 부품을 몇 개 꺼내서 황문식에게 내밀었다.

"잠수함에 들어가는 부품은 아닌데 그럭저럭 쓸 만할 거야. 로봇에 들어가는 거거든."

"용량이 좀 적기는 하지만 대체용으론 손색이 없지 않겠어?"

"한 번 끼워보기나 하자고."

황문식이 컴퓨터와 전자기기를 맡기로 하고 가브리엘과 알렌이 엔진을 분해해서 손을 보기로 했다.

끼릭, 끼릭!

펜치와 파이프렌치를 이용해서 엔진을 밖으로 꺼낸 두 사람은 연신 기침을 해댄다.

"쿨럭, 쿨럭! 이걸 어째? 진짜 타버렸는데?"

"괜찮아. 열에 약한 부품 몇 개만 갈면 되니까 금방 만들수 있어."

"아아, 몬스터 시신 분해기를 쓰려고?"

"때마침 아까 잡았던 레비아탄의 새끼가 있었잖아? 그놈을 통째로 넣고 분해를 해두었거든."

"좋아, 그럼 그것으로 대체를 하자고."

가브리엘은 로봇을 만드는 소형 생산기기와 함께 몬스터의 시신을 분해하여 부품을 만들어내는 시신 분해기를 함께 가지고 다닌다.

그녀는 잠수함에서 두 개의 기기를 모두 꺼내어 재설정을 시작하였다.

"파츠의 크기를 좀 재줘."

"오케이."

알렌이 부품들의 크기를 모두 재어 그녀에게 전달하였고, 그녀는 그 수치를 기계에 입력해서 해당 부품들을 제작하였다.

위이이이잉……!

이제 곧 부품들은 나올 것이고, 저 앞에서 중앙 통제장치를 고치던 황문식도 작업을 거의 다 끝낸 모양이었다.

"이봐들, 거의 다 끝났어! 이제 시스템 재점검과 입력 오차만 조절하면 끝이야!"

"여기서 금방 끝날 것 같아!"

다른 팀 같으면 며칠이 걸렸을 지도 모를 수리를 단 30분

만에 끝내가는 삼 인방이었으나, 문제는 이곳이 평지가 아니라는 점이었다.

대물 저격총을 잡은 김태하 상사가 세 사람의 이어폰으로 무전을 보냈다.

─마이스터들, 조금 더 서둘러 줄 수 없나?

"…뭐?"

─전방에 웬 허여멀건 한 지렁이 한 마리가 기어오고 있는데….

"허, 허억! 벌써?!"

─우리가 너무 떠들었나봐. 나름 조용히 한다고 했는데, 놈의 귓구멍에 보청기가 들어 있는 모양이야.

"제기랄, 적어도 15분은 필요한데!"

─알겠어. 그럼 우리가 시간을 벌어볼 테니까 세 사람은 계속 수리를 하고 있어.

김태하가 화수에게 연락을 취하자, 야차 중대는 중무장을 한 상태로 달려 나왔다.

화수는 자신이 방패로 임시 방호막 역할을 하고 멀티플 런쳐의 진지를 만드는데 주력하기로 했다.

"어이, 모두 잘 들어! 나와 스나이퍼 삼 인방이 놈을 상대하고 있을 동안, 야전삽으로 진지를 구축한다! 빠르고 신속해야 한다! 알겠나?!"

"예!"

레이시스는 화수의 바로 뒤에 서서 활을 잡았다.

"방패는 자네가, 유인은 내가, 사격은 태하가!"

"오케이!"

이윽고 그는 바퀴가 달린 신발을 신고 신나게 내달리기 시작했다.

끼리리리리릭!

부우우웅!

무려 시속 160㎞의 속도를 내는 이 신발은 수륙양용은 물론이고 눈밭이나 빙판에서도 효과적으로 달릴 수 있도록 설계되었다.

레이시스는 총 15종의 화살이 내장되어 있는 화살통을 매단 채 놈에게로 접근하였다.

─레이시스, 놈의 뒤에 에티가 몇 마리 있다. 조심하도록.

"알고 있다."

이번에 나타난 레비아탄의 새끼는 1㎞에 달하는 거대한 몸집에 얼음처럼 투명한 비늘에 순백색 피부를 가지고 있었다.

그런데 저번 녹색 레비아탄과는 다르게도 놈은 주변에 꽤 많은 몬스터들을 거느리고 있었다.

아마도 이곳의 세력권을 놈이 장악한 것으로 보였다.

레이시스는 자신의 옆구리에 매달려 있던 접이식 활을 꺼내 들었다.

끼리리릭, 철컹!

불과 15㎝에 불과하던 막대가 무려 1미터까지 늘어났다.

레이시스의 활은 필요에 따라서 길이와 형태가 변하는데, 지금은 숏보우의 형태였다.

현재 상황에서는 기동력과 신속한 조준이 필요하기 때문에 롱보우나 그레이트 보우 등은 사용하기가 버거웠다.

또한, 크로스보우를 사용하기엔 여건이 마땅치 않아서 활대가 짧고 쏘기 좋은 숏보우가 안성맞춤이다.

그는 등에 매달려 있던 작은 원판을 꺼내어 그것을 땅바닥에 던졌다.

촤라라락!

작은 원판은 바다에서 타는 서핑보드나 스케이트보드, 혹은 설원의 스노우보드로 변신이 가능하다.

이 보드에는 공기 부양정의 원리가 내장되어 있기 때문에 어디서든 내달릴 수 있는 장점이 있었다.

이 물건은 비록 레이시스의 기동 신발보다는 속도가 느리지만 활을 쏘는데 필요한 안전성을 보장한다.

그는 숏보우의 활시위에 고폭탄두가 달린 화살을 걸었다.

쫘드드득!

레이시스는 놈의 옆구리를 스치며 지나가는 화살을 쏘았다.

팟!

그러자, 주변에 있던 에티들이 그를 가만히 두려하지 않는다.

쿠워워!

에티들이 레이시스를 공격하려 하자, 스나이퍼 삼 인방이 놈들의 머리를 꿰뚫어 버렸다.

피융!

퍼버버벅!

"나이스 샷!"

―우리의 소중한 자원을 다치게 내버려 둘 수는 없지.

이윽고 레이시스는 놈에게서 멀찌감치 떨어져 가며 화살을 계속해서 날렸다.

핑핑핑핑!

퍼억!

이중에는 고정 장치가 달린 화살도 있어서 언제라도 놈의 몸에 와이어를 걸 수 있었다.

레이시스는 충분한 거리를 벌렸다고 생각되자, 곧장 고폭탄의 격발장치를 눌렀다.

"전방에 고폭탄!"

딸깍.

그러자, 놈의 옆구리에 거대한 불길이 일며 레비아탄의 몸이 왼쪽으로 갸우뚱 넘어갔다.

콰아앙!

끼헤에엑!

쿵, 쿵, 쿵, 쿵!

덕분에 놈의 옆에서 나란히 달리던 몬스터들이 거대한 몸에 깔려 압사를 당하고 말았다.

—나이스 샷, 역시 그 실력 어디 안 가는군. 과연 프랑스의 영웅다워.

"후후, 별말씀을. 하지만 이렇게 깔짝깔짝 공격한다고 해서 놈이 죽지는 않아. 알지?"

—물론.

레이시스와 스나이퍼 삼 인방이 시간을 벌어준 덕분에 진지 구축이 완료되었다.

화수는 레이시스에게 돌아올 것을 명령했다.

—레이시스, 신속히 복귀할 수 있도록. 이제는 나사에서 만든 무식한 기계의 힘을 빌어보자고.

"좋지."

잠시 후, 멀티플 런쳐가 몬스터 코어를 기반으로 한 레이저 런쳐의 격발을 준비하였다.

철컹!

우우우우웅……!

―설명서에는 전방 10미터에 있는 모든 물건이 다 타버린다고 하더군. 레이시스, 좀 옆으로 돌아서 올 수 있지?

"알겠다."

레이시스가 신속히 멀어지자, 김재성 상사가 조준을 시작하였다.

―에너지 충전 100%, 단 한 방에 보내 버립시다.

―발사!

철컹!

장전 손잡이가 앞뒤로 움직이며 레이저 런처의 촉매가 되는 몬스터 코어 합성 탄환을 장전시켰다.

그리고 장전을 마친 김재성은 거침없이 방아쇠를 당겼다.

피융!

한 줄기 빛이 전방으로 쏘아져 나가며 백색 레비아탄을 타격하였다.

끼기기기기긱!

그러자, 사방으로 불길이 번지며 놈의 머리가 서서히 녹아내리기 시작하였다.

끄아아아아앙!

놈은 곧바로 아가리를 벌려 눈부신 냉기를 뿜어냈다.

솨아아아아아……!

그러자, 레이저의 줄기가 서서히 뒤로 밀리며 놈의 주변으로 얼음의 막이 생성되기 시작했다.

레이시스는 실소를 흘렸다.

"레비아탄인지 뭔지 하는 저놈, 대단하군. 도대체 무슨 DNA를 합성했으면 저래?"

—그러게 말이야. 도대체 뭘 처먹으면 저렇게 되는지 궁금하군.

화수의 무전을 들은 레이시스는 순간, 이런 생각을 해보았다.

"그런데 말이야, 이곳에 있는 여덟 마리가 서로를 마구 잡아먹으면서 성장했다면 어떻게 되었을까?"

—그럼 지구가 멸망했겠지.

"오싹하군……"

—그 전에 해치우자고. 남은 놈들이 서로 합체를 하기 전에 말이야.

"그래, 그래야지."

한차례 공격을 막아낸 레비아탄은 레이저를 뚫고 전방을 향해 내달리기 시작한다.

크아아아아앙!

"놈이 달려 나간다!"

—알고 있어. 이번에는 아주 뜨거운 맛을 보여주자고.

김재성은 레이저 런처의 기능을 접고 압축가스를 분사하는 화염방사기로 모드를 바꾸었다.

레이시스는 화염방사기의 기능을 극대화시키기 위해 놈의 관자놀이를 사격하기로 한다.

"자, 그럼 내가 한 방 제대로 먹여줄 테니까 그때 불로 확 지져 버리라고."

―알겠다.

보드를 세운 레이시스는 활의 크기를 3미터로 늘리고 송곳처럼 날카롭고 거대한 화살촉에 C4를 잘 버무려 넣었다.

이제 이것이 날아가 놈의 관자놀이에 박히면 아마 뇌에 엄청난 타격을 받게 될 것이다.

그는 바닥에 활대를 세우고 몸무게를 이용하여 활시위를 당겼다.

꽈드드드드득!

일반인이라면 상상도 하지 못할 일이었지만 레이시스는 지금까지 활 하나로 몬스터들을 사냥해 온 제대로 된 활잡이다.

그는 3미터의 활을 이용하여 거대한 화살촉을 쏘아 보냈다.

피유우웅!

묵직하게 날아간 화살촉은 놈의 관자놀이에 정확하게 틀어박혔다.

빠아악!

그러자, 그 충격으로 인해 격발장치가 터지며 화염이 일어났다.

화르르르륵!

크아아아앙!

"지금이다!"

—오케이, 발사하겠다!

철컥!

끼이이이이잉!

압축가스로 분사한 화염방사기의 온도는 강철도 그대로 녹여 버릴 정도였다.

불길이 놈의 머리에 작열하자, 그 비늘이 벗겨지며 뇌까지 한 방에 불타 버렸다.

결국 놈은 화염방사기에 머리가 불타 죽어버렸고, 나머지 잡다한 몬스터들만이 남아 있을 뿐이었다.

—자, 이정도면 깔끔하게 처리한 편이라 볼 수 있나?

"아주 좋군."

—나머지는 우리 스나이퍼가 알아서 하겠다. 레이시스는 돌아와서 간식이나 먹지?

"알겠다."

세 명의 스나이퍼가 대략 10분 만에 몬스터들을 모두 정리하였고, 그에 맞춰 잠수함의 수리도 끝이 났다.

"몬스터의 시신만 정리해서 다시 이동하자고."

"예, 대장님."

야차 중대는 레비아탄과 잡다한 몬스터들의 시신을 수습한 후에 다시 길을 재촉하였다.

*　　　　*　　　　*

서울 강남경찰서 앞, 시위대의 함성이 거세다.

"무능한 부패경찰, 물러나라!"

"물러나라, 물러나라!"

"늦장 대응 군부세력, 물러나라!"

"물러나라, 물러나라!"

강남경찰서를 찾은 시위대의 숫자는 대략 300명 이상, 경찰은 시위대에게 해산을 요구하고 있었지만 그들은 한 치의 물러섬도 없었다.

강남경찰서장 이철만 총경은 부동자세를 취한 채 시위대를 바라보고 있었다.

그런 그의 곁에는 소파에 몸을 기댄 채 앉은 중년이 있었는데, 그는 심드렁한 표정으로 일관하였다.

"자, 한번 보세요. 저 사람들이 왜 이렇게 구름처럼 몰려왔을까요?"

"…저희들은 최선을 다했습니다. 꽤 많은 사람들이 죽었고……."

"초동 조치가 늦었지요. 강하 신도시를 방위하는 병력은 경찰뿐입니다. 그런데 도시가 불타도록 뭘 하셨지요?"

"그건 상인 연합이 흉물스럽다고 무기를 들이지 말자고 해서……."

중년은 이철만 총경에게 파일을 하나 건넸다.

턱!

테이블 위에 놓인 파일을 펼쳐본 이철만 총경은 화들짝 놀라 입을 떡 벌렸다.

"허, 허억……!"

"비리… 꽤 많이 저질렀더군요."

"이, 이걸 어떻게…?!"

상인 연합이 무기 도입을 거부했던 당시, 요충지로 편성된 부동산을 국가에서 사들이려 시도한 적이 있었다.

하지만 그 정보가 미연에 흘러들어가 요충지가 전부 상인 연합의 손에 들어갔다.

결국 정부와 군부는 또 다른 요충지를 찾아냈지만 선정되는 족족 상인 연합이 귀신같이 알고 땅을 사들였다.

그 결과, 정부는 결국 무기 설치에 번번이 실패하여 상인 연합과의 협상권을 빼앗기고 프로젝트를 무기한 연기할 수밖에 없었다.

이 장부는 상인 연합이 경찰 측에서 정보를 받고 그 대가로 돈을 주었다는 정황이 모두 다 나와 있었다.

덜덜 떨리는 손으로 파일을 잡은 이철만 총경에게 중년이 말했다.

"이미 사태는 커질 만큼 커졌습니다. 이젠 어쩔 겁니까? 누군가는 책임을 지고 사퇴해야 한다는 말입니다."

"……."

레서 드래곤 침공의 책임을 진다는 말은 결국 자신의 죄를 고백하고 국가의 역적이 된다는 소리였다.

아마 만약 이대로 경찰의 늦장 대응에 대한 책임을 지고 사퇴한다면 평생 돌을 맞다가 죽을 수도 있을 것이다.

이철만은 그에게 무릎을 꿇었다.

쿵!

"사, 살려주십시오!"

"으음, 이러시면 안 됩니다. 일어나세요. 누가 보면 내가 당신을 죽이려는 줄 알겠어요."

"…저에게 책임을 지라고 하신다면 어차피 죽습니다!"

"그거야 당신 사정이고요."

"……."

"그러게 왜 비리 같은 것을 저질렀습니까? 당신 때문에 죽은 사람이 얼마인 줄 알아요?"

"살려주십시오!"

중년은 그에게 마지막 보루에 대해서 물었다.

"뭐, 좋아요. 그렇다면 마지막으로 기회를 한 번 더 드리도록 하지요. 이번 사건이 잘 마무리 된다면 스스로 사표를 내고 경찰을 떠날 수 있도록 기회를 드리겠습니다. 물론, 당신이 부당 취득한 재산은 모두 회수하고 죗값은 다른 방식으로 치를 겁니다."

"……."

"하지만 그렇게 된다고 해도 가족은 무사하겠지요?"

"그, 그럼 제 처자식들은 살려주시는 겁니까?!"

"대신 조건이 있어요."

"마, 말씀만 하십시오! 무슨 일이든 다 하겠습니다!"

"정말이요?"

"물론입니다!"

"얼핏 들으니 웬 거지 한 명이 이번 침공을 막아냈다고 하더군요?"

"거, 거지요?"

"경찰들의 말에 따르자면 누더기를 입은 한 사내가 몽둥이로 괴물을 때려잡았다고 하지요?"

"……."

"하하, 말이 안 된다고 생각하시는 것입니까?"

"아무래도 몽둥이로 몬스터를 때려잡는 것은 좀⋯⋯."

"뭐, 좋아요. 당신이 믿든 말든 상관없어요. 몽둥이로 때려 죽였든 불로 지져 죽였든 간에 몬스터를 죽인 것은 틀림이 없는 사실입니다. 설마하니 천 명이 넘는 사람들이 헛것을 본 것은 아닐 테니까요."

이철만 역시 걸인이 몬스터를 두들겨 패 죽였다는 보고를 받은 적이 있었다. 하지만 그런 낭설은 전혀 믿지 않았었다.

그는 자신이 본 것만 믿을 뿐, 그런 허무맹랑한 소리는 듣고 싶지도 않았다.

하지만 청와대의 입장은 달랐다.

"일주일 드리겠습니다. 그 사람을 청와대로 모셔오세요."

"⋯그 거지를 말입니까?"

"네, 맞아요. 그 거지를 일주일 내로 데리고 온다면 당신의 목숨을 살려드리도록 하죠."

"⋯⋯."

"단, 일주일 내로 그를 데리고 오셔야합니다. 알겠어요?"

"만약 그가 실존하는 인물이 아니라면⋯⋯."

"그건 당신이 알아서 하세요. '그'를 데리고 오지 못하면 당신은 죽는 겁니다."

중년은 이내 밖으로 나가 버렸고, 이철민은 심각한 표정으로 생각에 잠겼다.

*   *   *

강남경찰서 강력계 형사들이 전부 한자리에 모여 있다.

형사들은 현재 기용 가능한 의경들과 전경들까지 죄다 동원하여 대략 150명의 인원들을 끌어모았다.

형사과장 임석필 경정은 착잡한 눈으로 부하들을 바라보았다.

"…다 모였나?"

"예, 과장님!"

"오늘은 서울역 인근을 이 잡듯이 뒤진다."

임석필은 부하들에게 나누어 준 몽타주를 다시 한 번 확인시켜 주었다.

"이놈을 반드시 찾아내야 한다."

"예, 알겠습니다!"

임석필의 휘하에 있는 계장들과 팀장들은 떨떠름한 표정으로 일관하고 있다. 하지만 그는 부하들을 나무랄 수 없었다.

'그래, 강남서 형사들이라는 놈들이 기껏 한다는 짓이 노숙자 한 명 잡겠다고 사람까지 끌어모았으니… 내가 면목이 없구나.'

그는 부하들에게 이런 말들을 늘어놓으려다가 이내 목구멍까지 차오른 말을 다시 삼켰다.

다른 사람은 몰라도 임석필이 무너지면 자신을 따르던 부하들까지 좌천이기 때문이었다.

"우리는 목표를 완수하기 전까진 집에 들어가지 못한다. 나 역시 경찰서에서 24시간 근무하면서 지낼 것이다. 그러니 경찰 제복 벗고 싶지 않으면 그 정도 배짱으로 일하도록."

"최선을 다하겠습니다!"

가뜩이나 수많은 동료들과 부하들을 잃은 계장과 팀장들은 입술을 짓깨물었다.

그중에서 한 명이 손을 번쩍 들었다.

"만약 그놈을 못 찾으면 우리는 어떻게 되는 겁니까?"

"상상에 맡기겠다."

"잘리는 겁니까?"

"알아서 생각해라."

아마 그들 역시 임석필이 왜 이렇게 행동하는 것인지 잘 알고 있을 것이다.

그렇기 때문에 별다른 소리는 하지 않았다.

"움직여라."

"예!"

경찰들은 자신들이 직접 작성한 목격자 진술을 토대로 만들어진 이 몽타주를 가지고 수색에 나선다는 것이 기가 막힐 노릇이었다.

하지만 누구 하나 군소리를 하는 사람은 없었다.

*   *   *

사방이 온통 얼음뿐이었던 2번째 부화장을 지나니 섭씨 40도에 육박하는 찜통더위가 이어졌다.

주변이 모두 바위 지대라서 잠수함의 무한 궤도 장치가 진정한 빛을 발하였지만, 문제는 밖으로 나가서 싸우는 것이 생각처럼 쉽지 않아졌다는 점이었다.

추운 지역에서는 온몸을 꽁꽁 싸매면 그만이지만 푹푹 찌는 듯한 더위를 어찌할 도리가 없기 때문이다.

끼릭, 끼릭……

무한 궤도 장치가 굴러가는 소리와 함께 잠수함 내부의 온도도 점점 더 올라가고 있었다.

아무리 에어컨을 틀어도 냉기가 금방 사그라지니, 그야말로 더위에 사람이 탈진할 지경이었다.

"…무슨 살아 있는 생명체의 몸속에 사막이람? 이게 말이 되는 소리야?"

"가만히 있어. 열 내면 더 더우니까."

야차 중대에서 여름을 특히나 싫어하는 최지하의 투덜거림에 제이나가 잔소리를 해댄다.

"군인이 무슨 더위가지고 엄살이야? 그래서 어디 행정보급관이라고 하겠어?"

"사람이 더운데 행정보급관이고 나발이고 뭔 상관이야?"

"그래도 부하들에게 모범이 되어보라고."

"…시끄러워, 이 마귀 할망구야."

오늘도 역시 싸우지 않고는 못 배기는 두 사람이 한창 입씨름을 하고 있는데, 김태하의 다급한 목소리가 들려온다.

"…대장님, 전방을 좀 보시죠."

"무슨 일이야?"

"화산 지대가 있습니다."

"화, 화산 지대?!"

도대체 어떻게 몬스터의 내부에 화산 지대가 있을 수 있다는 말인지, 야차 중대와 박사들은 경악을 금치 못했다.

모두가 해치를 열어서 잠수함의 앞을 가로 막고 있는 화산의 정체를 두 눈으로 직접 목격하였다.

취이이이익!

화산가스가 분출되고 있는 이곳의 풍경은 여지없는 활화산 지대였다.

"정말 이해하기가 힘들군요. 도대체 이런 환경은 어떻게 조성을 한 것일까요?"

"사람이 공들여 만든다고 해도 화산까지 재현하기는 힘든 것이 사실인데, 저놈은 무슨 재주가 있어서 창조를 한 것이지요?"

화수는 한 가지 가설을 세웠다.

"라바골렘이나 이프리트와 같은 몬스터를 잡아먹었다면 충분히 가능합니다. 왜, 심해에서 활동하는 화산은 우리가 미처 알지 못하는 모습을 가지고 있지 않습니까? 저놈은 그 주변에 사는 몬스터들까지 잡아먹었을 수도 있습니다."

"아아…! 그래서 화산을 분출시킬 수 있는 것이군요!"

"화산에 사는 몬스터는 마그마에 견딜 수 있는 신체를 가지고 있고 심지어는 그것을 만들어낼 수도 있습니다. 그러니 그와 비슷한 환경을 만들어내는 것도 불가능한 것은 아니죠."

"과연, 몬스터 수렵 전문가는 다르시군요."

"그냥 생각나는 대로 지껄인 겁니다. 너무 맹신하지는 마세요."

알렌은 잠수함으로 이곳을 건너갈 수 없다는 것을 피력했다.

"이봐, 대장. 이 잠수함으론 마그마를 지나갈 수 없어. 알다시피 마그마를 지날 수 있는 장비는 아직 갖춰지지 않았잖아."

"흐음… 이것 참 난감하군. 그렇다고 잠수함을 버리고 걸어 갈 수도 없고 말이야."

"잠수함을 버린다고 해도 건너갈 수 있는 방법은 없어. 사람이 저 먼 곳을 건너갈 수 있을 리가 없잖아?"

가만히 마그마를 바라보던 화수가 무릎을 쳤다.

"아하! 그러고 보니 백색 레비아탄의 심장을 먹어치우면 냉기의 폭풍을 사용할 수 있지 않을까?"

"오호라! 그런 방법이?"

처음엔 적응하지 못했던 학자들은 이번에는 먼저 나서서 몬스터의 심장을 건넸다.

"어서 드시지요. 빠르면 빠를수록 좋잖아요?"

"하하, 그래요."

화수가 흡성대법을 시전하여 백색 레비아탄의 심장을 흡수하였다.

슈가가가가각!

그러자, 그의 뇌리에 놈의 기억이 각인되었다.

끼이이잉!

"으윽……!"

그는 레비아탄이 가지고 있던 기억 중에서 진화와 탈피, 그리고 이곳 사막지대와의 세력 다툼에 대한 장면을 보았다.

잠시 후, 눈을 뜬 화수가 심각한 표정을 지었다.

"지금 저 마그마를 건너는 것이 중요한 것이 아닙니다."

"예? 그럼……."

"저 마그마 안에는 용의 형태를 가진 레비아탄의 새끼가 살고 있어요."

"허, 허억!"

"날개가 발달하여 하늘을 날 수 있고 입에선 불과 마그마를 뿜습니다. 심지어는 유성우처럼 불의 비를 내리기도 하더군요."

"그, 그런 괴물을 도대체 어떻게 이긴다는 겁니까?"

"지금 당장은 이길 수가 없지요. 그러니 잠수함은 일단 숨겨두고 새로 작전을 짜는 것이 좋겠어요. 놈이 우리를 찾아내기 전에 말입니다."

"그래요, 그게 좋겠어요. 괜히 마그마를 얼렸다가 놈이 우리의 위치를 찾아내면 큰일이니까요."

알렌은 잠수함에 달린 지질조사 레이더를 돌려 주변에 동굴이 있는지 확인해 보았다.

삐비비빅…….

하지만 주변에는 이렇다 할 동굴이 보이지 않았다.

"흐음, 이대로는 좀 힘들겠는데?"

"좋아, 그럼 다시 얼음 지대로 내려가자."

"후퇴를 하자는 말이야?"

"아까 놈의 기억 속에서 보니까 얼음 지대와 화산 지대 중간에서 싸움을 벌이기도 했었던 것 같더라고."

"아아, 그럼 되겠군! 얼음 지대에서 기다리고 있다가 놈을 유인해서 싸움을 걸면 승산이 있겠어."

"물론, 목숨을 걸어야 해. 그건 변함이 없어."

"그래도 최소한 잠수함을 잃는 일은 없겠지."

"그럼 만장일치로 후퇴를 결정하겠다."

야차 중대는 다시 얼음 지대로 후퇴하여 결전을 준비하기로 했다.

제6장
전술의 승리

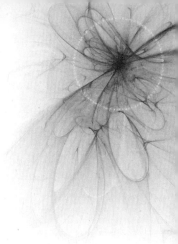

　설원 지대와 화산 지대의 중간, 화수와 일행들은 암벽등반용 장비를 착용한 채 산을 오르고 있다.

　중화기를 다루는 김재성이나, 다루는 기계의 부피가 큰 가브리엘, 전투가 불가능한 학자들은 잠수함에서 대기하고 기동에 유리한 병력만 놈을 유인하기로 했다.

　행렬의 가장 선두에 선 화수는 화산 지대로 꺾어지는 바위너머로 고개를 빠끔히 내밀어 화산 지대를 바라보았다.

　화르르륵……!

　불꽃이 일렁이는 중앙의 활화산 주변에는 살아 있는 생명체라곤 찾아볼 수도 없었다.

"도대체 저놈은 무엇을 먹고 살기에 몬스터고 짐승이고 한 마리도 없는 거지?"

"설마하니 마그마 안에 자생하는 몬스터들을 잡아먹으면서 사나?"

"흠, 그렇게 생각하면 말이 되긴 하네."

잠시 후, 일행들은 2열 종대로 모여 전술 보행을 시작하였다.

방패를 잡은 화수와 그의 바로 뒤에 선 레이시스는 놈에게로 접근하기 가장 유리한 코스를 짜냈다.

"바위 지대는 불규칙한 모습으로 자리를 잡고 있지만 현재 위치에서 서쪽으로 이동하면 사람의 모습은 가려주면서도 꽤나 평탄한 길이 자리 잡고 있어. 그곳을 이용하면 최대한 빠르게 접근할 수 있겠어."

"하지만 만약 놈이 날아와 불을 뿜기라도 한다면?"

"어차피 개활지로 돌아다녀도 불을 맞아 죽는 것은 마찬가지야."

"하긴, 그건 그렇군."

"신속하게 움직여서 놈을 유인한 후에 돌아가자."

제이나는 작전이 성공한 후의 일에 대해서 걱정하였다.

"그나저나 사냥이 끝난다고 해도 베이스캠프까진 어떻게

가지?"

"흠……."

레이시스는 대원들에게 아주 좋은 방법을 제안했다.

"나의 스케이트보드에 줄을 매달아서 다 함께 모래스키를
타는 것은 어때? 어차피 이곳의 중앙은 전부 사막으로 이뤄져
있어서 나무판자나 고철 덩어리만 있어도 충분히 달릴 수 있
어."

"아하! 그런 방법이?!"

"하지만 그런 적당한 물건이 있어야 달리지."

"마그마를 얇게 얼리면 어때?"

"화강암은 면이 거칠어서 불가능해."

"그렇다면 놈의 비늘을 몇 겹 벗겨내자. 비늘은 내가 벗길
게."

"오케이, 그럼 내가 놈을 유인하는 동안 대장이 비늘을 벗
기고 나머지는 지원사격을 하는 것으로 하지."

대충 작전이 자리를 잡아가는 동안 일행은 어느새 활화산
지대 인근까지 도착하였다.

화수는 이제 이곳에서 놈의 이목을 끌기 위하여 활화산의
입구에 냉기의 폭풍을 쏘아냈다.

스스스스스……!

고오오오!

순백색 냉기의 폭풍이 마그마가 용천되는 분화구를 얼려 버리자, 계곡을 타고 흐르던 마그마가 분출을 멈추었다.

잠시 후, 막혀 있던 마그마가 이내 폭발을 일으킨다.

쿠그그그……!

콰앙!

크아아아앙!

순간, 화수와 일행들은 놀라서 입을 떡 벌렸다.

"허, 허억!"

"무슨 몸집이 저렇게 커?!"

"이, 이게 아닌데?! 놈의 기억 속에 있던 놈은 기껏해 봐야 날개의 길이가 30미터에 불과했단 말이야!"

"하, 하지만 지금은 족히 100미터는 되겠는데?!"

날개 한 쪽의 길이만 100미터가 넘는 놈의 몸길이는 대략 1km에 육박하였다.

이렇게 엄청난 덩치를 가진 용이 하늘을 날아다닌다면 제아무리 화수라고 해도 손쓸 방도가 없을 것으로 보였다.

그러나 방법이 없어도 찾아내야 하는 것이 야차 중대의 임무다.

"레이시스, 유인!"

"오케이!"

레이시스는 압축 질소가 들어 있는 가스통을 화살에 매달아 놈의 콧구멍에 쏘아보냈다.

콰드드득!

"이거나 먹어라!"

피융!

날아간 화살은 곧바로 놈의 코점막에 붙어 냉기의 폭발을
일으켰다.

퍼엉!

끄아아아앙!

"이놈, 당분간 비염으로 고생 깨나 하겠구나!"

놈은 단단히 화가 나서 레이시스를 미친 듯이 뒤쫓기 시작
했다.

화수는 그 타이밍에 맞춰 보법을 밟아 놈의 꼬리에 달라붙
었다.

"허업!"

파바바바밧!

그는 놈의 새빨간 꼬리에 내려앉자마자 검을 뽑아 들었다.

챙!

화수는 놈의 비늘 중에서 가장 끄트머리에 있는 것을 진기
를 이용해 잘라냈다.

서걱!

그러자, 대략 2미터에 이르는 비늘 다섯 개가 바닥으로 떨

어져 내렸다.

화수는 그에 맞춰 다시 초상비를 전개하여 일행들이 있는 곳으로 날아갔다.

이제 일행들은 질소 가스를 이용하여 비늘에 구멍을 뚫고 그 안에 와이어를 연결하여 썰매를 만들었다.

"자, 이 정도면 타고 도망치는데엔 문제가 없겠지?"

"하지만 레이시스가 되돌아오자면 시간을 벌어야하는 것 아닙니까?"

"그래서 안드레아를 데리고 온 것 아니야?"

안드레아는 질소 가스를 압축하여 거대한 얼음 기둥을 만들어낼 수 있는 폭탄을 제조해 왔다.

그는 유탄수들에게 폭탄을 건넸다.

"60미리 박격포를 가지고 왔다고 했지?"

"물론이지."

"곡사포로 놈의 꼬리나 날개를 날려 버려."

"오케이."

강아성과 김태양은 그 즉시 박격포를 조립하여 15초 만에 발사 준비를 마쳤다.

신속하게 적을 향한 방렬을 끝낸 두 사람이 화수를 바라보며 외쳤다.

"대장님, 발사 준비 끝났습니다!"

"좋아, 인정사정 보지 말고 그냥 냅다 갈겨 버려!"

"예!"

두 사람은 서로 도와가며 얼음폭탄을 발사하였다.

"발사!"

뽕!

박격포의 포탄은 빠른 속도로 날아가 놈의 날개에 정확하게 떨어져 내렸다.

콰앙!

쉬이이이익!

크아아아앙!

덕분에 중심을 잃은 빨간 레비아탄이 떨어져 내리자, 레이시스가 방향을 틀어 일행이 있는 곳까지 달려왔다.

"유탄수들이 무슨 박격포를 이렇게 잘 쏴?"

"우리의 두 번째 주특기라고나 할까?"

"아무튼 가자! 저놈이 다시 일어날 거야!"

줄줄이 썰매에 엉덩이를 깔고 앉자, 레이시스가 스케이트보드의 속력을 내기 시작했다.

휘이이이잉!

마력이 그리 세지는 않지만 야차 중대를 모두 끌고 가기엔 손색이 없었다.

하지만 문제는 놈이 곧바로 일어나 타이트하게 추격을 벌인다는 점이었다.

펄럭, 펄럭!

"대장님, 후방에 적 출현입니다!"

"빠르군……!"

"부대, 개인 화기로 놈을 사격하여 견제한다! 이렇게라도 시간을 벌어야해!"

"예!"

소총과 유탄 발사기, 저격총들이 한꺼번에 불을 뿜어 놈의 시야를 어지럽혔다.

두두두두두!

퍼엉!

콱!

크아아아악!

하지만 놈은 야차 중대의 공격에 성질이 더욱 포악해져 마그마의 비를 내렸다.

솨아아아아!

화르르륵!

"마. 마그마가 떨어져 내립니다!"

"레이시스, 조금 더 빨리 달릴 수는 없어?! 이러다가 타 죽겠어!"

"나도 최선을 다하고 있는 거라고!"

유성우 때문에 일행들이 사망하게 생겼다고 생각하던 찰나, 전방에서 스팅어 미사일이 날아온다.

슈웅……!

"김재성 상사?!"

―스팅어는 굳이 언덕을 오르지 않아도 목표물만 설정하면 타격이 가능하더군요.

"역시!"

잠시 후, 놈의 눈동자에 열 발의 스팅어 미사일이 날아와 박혔다.

퍼버버버벙……!

크어어엉!

"명중이다!"

"이제 시간을 벌었어! 이정도면 충분히 도망칠 수 있겠는데?!"

"좋았어, 이제 작전 2단계를 준비하자!"

야차 중대는 놈의 포화에서 벗어나 다시 설원 지대로 돌아왔다.

*　　　　*　　　　*

레비아탄의 설원 지대 안, 차디찬 바람이 부는 이곳에 얼음으로 만든 장벽과 진지가 구축되어 있다.

가브리엘의 기계들이 하루 종일 쉬지 않고 공사하여 만들어진 장벽은 10미터의 높이와 직경 100미터로 이뤄져 있었다.

이곳의 지하에는 잠수함이 깊숙이 숨겨져 있었고 장벽 안에는 비행형 몬스터인 붉은색 레비아탄을 상대하기 위한 진지가 곳곳에 설치되어 있었다.

설원 지대에서 할 수 있는 모든 준비를 마친 화수는 이제 경계 지역을 벗어나 장벽으로 다가오는 놈을 바라보았다.

휘이이이잉……!

바람을 타고 날아오는 놈의 몸으로 빨간색 점들이 하나둘 모여들기 시작한다.

적외선 센서로 놈의 몸을 집중사격하고 스나이퍼들이 머리와 눈을 공략하여 시계를 흩뜨리는 것이 이번 작전의 핵심이다.

그런 이후에 스팅어 미사일과 레이저 런쳐, 그리고 질소 방사기를 이용하여 놈에게 치명타를 입히는 것이다.

만약 놈이 하늘에서 떨어져 내리기만 한다면 곧바로 날개를 묶고 머리를 절단하여 죽일 수 있으니, 하늘에서의 싸움을 승리하면 모든 것은 순조롭게 진행될 것이다.

하지만 화수나 그의 동료들은 이번 싸움이 만만치 않을 것임을 너무나도 잘 알고 있었다.

각 진지와 진지 사이가 꽤 떨어져 있어 모든 연락은 무전으로 주고받도록 했다.

"모두 준비되었나?"

─물론이다.

─준비 끝났습니다.

"좋아, 그럼 지금부터 무차별 공격을 시작한다. 내가 신호하면 그에 따라서 총구를 돌릴 수 있도록."

─예!

화수가 있는 진지 아래에는 긴 통로가 하나 있는데, 이곳을 이용하여 놈을 따라다니며 사격하게 될 것이다.

또한, 기회가 온다면 근거리에서 장법이나 권법을 날려 치명타를 입힐 수도 있다.

그는 사격을 개시하였다.

"발사!"

두두두두두!

소총과 저격총, 유탄, 그리고 대공용 발칸이 불을 뿜었다.

드르르르르륵!

특히나 중화기의 화력이 발군이라서 놈이 장벽 안으로 들어오는 것이 결코 쉽지가 않았다.

크아아앙!

놈은 화가 머리끝까지 나서 유성우를 떨어뜨려 냈다.

화르르륵!

일행들은 불이 떨어져 내리는 것을 보자마자 진지 아래로 깊숙이 몸을 숨겼다.

콰앙!

진지는 기본적으로 깊이 2미터의 벽과 그 아래로 3미터에 달하는 구멍이 있었다.

만약 불길이 떨어진다고 해도 그리 큰 피해는 입지 않는다.

"모두 괜찮나?!"

—끄떡없다.

서로가 안위를 확인하는 동안, 가브리엘의 로봇이 돌아다니면서 눈과 얼음으로 진지를 보수하였다.

끼릭, 끼릭…….

이렇게 한차례 포격이 있을 때마다 수리를 하면 소모전이 계속된다고 해도 끄떡없이 버틸 수 있을 것이다.

놈이 한차례 힘을 빼고 나자, 가브리엘이 공격형 드론들을 출격시켰다.

—드론이 날아간다. 사격은 놈의 날개에 집중시키도록.

—알겠다.

슝슝슝!

동그란 원통형 보관함에서 쏟아져 나온 150기의 드론들이 놈의 머리와 몸통에 질소탄을 쏘아대기 시작한다.

펑펑펑!

쨍그랑!

크아아악!

안드레아가 만든 압축 질소탄은 놈에게 아주 쥐약으로 작용하여 비늘이 마구 벗겨지는 타격을 입혔다.

가브리엘은 스팅어가 타격하여 얼어붙은 부위를 깨부수도록 조종하였다.

펑펑펑!

ㅡ머리 중앙 부분과 주둥이, 코를 조준하도록.

ㅡ조준 완료, 이제 발사하겠다.

김재성은 총 30발의 스팅어를 쏘아 놈의 머리와 주둥이, 코를 박살내버렸다.

슈웅…….

콰앙!

끄아아아앙!

고통에 몸부림치며 떨어져 내린 놈의 몸이 거대한 진동을 일으켰다.

쿠웅!

하지만 놈은 바닥에 떨어져 내려서도 가만히 있지 못하고 사방으로 불을 뿜으며 발광했다.

크하아앙, 크하아아앙!

화르르르륵!

김재성은 이제 놈의 아가리부터 머리까지, 전부 압축 질소 방사기로 얼려 버렸다.

"이거나 먹어라!"

쉬이이이이이익!

순식간에 놈의 머리가 얼어서 굳어버렸고, 화수는 그곳에 일장을 뻗었다.

"마권장!"

슈욱, 콰앙!

레비아탄의 새끼들을 차례대로 먹어치운 화수의 경지는 이제 현경 끝자락에 머물고 있었다.

내공의 크기로 따진다면 자연경에 이른 그의 장법은 단 일격에 놈의 머리를 산산조각 내버렸다.

쨍그랑!

이윽고, 놈은 사후경직이 올 때까지 조금 더 꿈틀거리더니 이내 행동을 멈추었다.

야차 중대는 환호성을 내질렀다.

"돼, 됐다!"

"하하하! 역시, 우리 사전에 불가능은 없어!"

야차 중대는 이제 이곳을 정리하고 다음 지역으로 이동하기로 한다.

　　　　＊　　　　　＊　　　　　＊

　백색 레비아탄의 심장을 이용하여 안전하게 사막지대를 건 넌 야차 중대는 꽤 깊은 수심을 가진 호숫가와 마주하였다.

　알렌은 이제야 잠수함이 제 기능을 다하게 되었다면서 기 뻐하였다.

　솨아아아아……!

　"그래, 이렇게 잘 나가야 뭔가 할 맛이 나지. 아까부터 계속 답답하게 불이네, 얼음이네 하는 바람에 속이 터지는 줄 알았 다니까."

　"하하, 좋겠군. 이제 스트레스받는 일이 줄어들어서 말이 야."

　아무리 전술 잠수함이 전천후 전술함이라곤 해도 원래 바 다나 강, 호수에서 사용하도록 만들어졌기 때문에 그동안 기 체에 큰 무리가 갔었다.

　그나마 기계 전문가 세 명이 없었다면 지금 이곳까지 올 수 조차 없었을 것이다.

　황문식은 잠수함 레이더를 통하여 주변을 탐색하곤 이내 난감한 표정을 지었다.

　"이건 또 뭐야…? 주변에 아무것도 없고 오로지 물뿐인데?"

"육지가 없고 그냥 물이 전부라고?"

"그렇다고 수상 생물이 있는 것도 아니고 그냥 온통 물뿐이야."

"흠……."

"도대체 무엇 때문에 이렇게 깊고 넓은 호수를 만들어둔 것일까?"

화수는 이곳이야말로 오리지널 레비아탄이 탄생할 수 있는 공간이라고 생각했다.

"생각해 보면 어미인지 아비인지 모를 저놈이 해양 생물이니 가장 강력해질 수 있는 개체가 바로 이곳에 살 그놈이 아닐까?"

"하긴, 우성유전자를 물려받아서 바다의 제왕이 된다면 지금보다 훨씬 더 지독한 놈이 탄생하겠군."

삭막하기 짝이 없는 물가를 가로질러 항해하던 잠수함이 어느새 거대한 동굴 앞에 도착했다.

알렌은 어서 이곳을 빠져나가 다음 지역으로 나아가기로 한다.

"아무래도 물에 사는 개체는 없는 모양이야. 아무런 저항도 없는 것을 보면 말이야."

"흠, 그런가?"

화수는 이곳에서 분명 뭔가 대단한 놈이 나타날 것이라고 생각했다. 하지만 그의 예상이 빗나간 듯, 아무런 공격이나 저항이 일어나지 않았다.

"적이 없으면 좋은 것 아닌가?"

"뭐, 그렇긴 하지."

화수는 무사히 이곳을 빠져나간다는 것이 뭔가 좀 찜찜했다.

"…공격이 없어서 좋긴 한데, 왜 이렇게 밑을 안 닦은 것처럼 찜찜한 거지?"

"그러게 말이야……."

이런 찜찜한 느낌은 화수뿐만이 아니라 야차 중대 전원이 느끼고 있었다.

위이이잉….

잠수함이 물을 빠져나와 밖으로 나가려던 찰나, 그들의 불안이 결국 현실이 되고 말았다.

첨벙!

한차례 물길이 일어나더니 정체 모를 무언가가 잠수함을 꽉 물어버렸다.

쿠웅!

"허, 허억!"

"이게 뭐지?!"

"레이더에 잡히는 것은 아무것도 없는데 잠수함 전체에 데미지가 가해졌어!"

삐빅, 삐빅!

현재 잠수함의 중앙 통제장치는 뭔가 거대한 압력이 가해져 기체의 30%가 손상되었다고 난리를 치고 있었다.

그러나 정작 육안이나 레이더에는 그 어떤 물체도 잡히지가 않았다.

"제기랄, 이게 도대체 어떻게 된 거야?!"

모두가 아연실색하고 있던 찰나, 해치 너머로 일렁이는 뭔가가 보였다.

화수는 그것을 놓치지 않았다.

"뭐, 뭔가 있어!"

"뭔가 있다니? 그게 뭔데?!"

"제기랄, 직접 알아봐야지 뭐!"

그는 잠수함의 비상 탈출구를 열고 나가 허공에 장을 쳤다.

"천혈수라장!"

콰앙!

그러자, 무언가 잠수함을 꽉 물고 있던 것이 힘을 뺐다.

크아아아앙!

"레비아탄!"

놈은 다시 물속으로 사라져 갔고, 잠수함은 가까스로 물가를 빠져나올 수 있었다.

하지만 이미 기체가 손상되어 수리가 불가피한 상황이었다.

"젠장! 도대체 저놈, 뭐야?! 눈에 보이지도 않고 레이더에도 잡히지 않는다?!"

"설마하니 보호색을 띄는 그런 놈인가?"

"문어나 해파리의 유전자를 먹었다면 그렇게 되었을 수도 있죠."

학자들은 물가에 사는 레비아탄이 레이더에 잡히지 않는 것이나 육안으로 감별이 불가능한 것 모두 유전자의 결합에서 생긴 이점이라고 입을 모았다.

"아마도 저놈은 주변의 색에 동화되어 모습을 바꾸는 것을 넘어서 가시광선을 반사시키는 작용을 하는 것 같습니다. 만약 그것도 아니라면 몸 전체가 그냥 투명한 것일 수도 있고요."

"흠, 몸이 투명해서 빛이 통과한다면 레이더에 걸리지 않는 것도 이해는 되는군요."

레이더는 전자기파의 반사를 통해 물체의 위치나 크기를 알아내는 기술이니, 만약 전자기파를 그대로 투영시킨다거나 아예 피부가 그 어떤 파동도 묵과시킨다면 완전 스텔스가 가능할 것이다.

하지만 그 어떤 것도 정확한 것은 없었다.

야차 중대는 일단 무장 태세로 돌입하여 놈의 접근을 막아내기로 했지만, 극도의 불안감에 휩싸일 수밖에 없었다.

가브리엘은 소형 로봇에 인계 철선을 연결하여 급한 대로 경보기를 만들고 그 위에 전기 충격기를 설치하였다.

"이곳을 지나다가 걸리면 전기에 감전되겠지. 그럼 제아무리 진화가 잘된 놈이라도 움찔거리긴 할 거야."

"후우, 이것 참… 어떻게 된 것이 쉬운 일이 하나도 없군 그래."

잠시 후, 가브리엘이 만들어두었던 인계 철선이 넘실거린다.

딸랑!

끼릭, 끼릭!

콰지지지지직!

단 일격에 엄청난 양의 전류를 뿜어낸 로봇들로 인하여 레비아탄이 걸쭉한 비명을 뿜어냈다.

끄헤에에에엑!

"이거다! 저놈은 전기에 약해!"

화수는 자신의 몸속에 있는 내력은 물론이고 예비용으로 남겨두었던 붉은 레비아탄의 심장까지 이용하여 와일드코일의 전력을 사용하기로 했다.

"자, 시작합니다! 모두 물러서요!"

그는 와일드코일을 소환하여 거대한 전기 충격기를 만들어냈다.

빠지지지직……!

화수는 다시 한 번 놈이 물 위로 올라오기를 기다렸다.

"와라…."

잠시 후, 다시 한 번 인계 철선이 움찔거렸다.

딸랑!

화수는 이때다 싶어 전력을 다해 전기 충격기를 가동시켰다.

"죽어라!"

꽈지지지지지직!

콰앙!

그러자, 뭍으로 올라왔던 레비아탄이 새까맣게 불타 축 늘
어져 버렸다.

끼헤에에엑…….

쿠웅!

그와 동시에 화수 역시 그 자리에 털썩 주저앉고 말았다.

"허억, 허억!"

"대장! 괜찮아?!"

"난 괜찮아. 그나저나……."

화수와 일행은 축 늘어진 레비아탄의 덩치를 보곤 경악할
수밖에 없었다.

"뭐, 뭐야?! 길이가 5㎞나 되었던 거야?!"

"끔찍하군… 만약 타이밍이 조금만 더 안 맞았다면 우리는

지금쯤 저놈의 먹이가 되었을 거야."

잠수함에 와이어를 연결하여 투명 레비아탄의 시신을 뭍으로 끌어낸 일행은 기력을 모두 소진한 화수에게 그 심장을 꺼내어 주었다.

"이것으로 기력을 보충해. 대장이 없으면 작전이 안 굴러가잖아?"

"고맙군……."

화수는 놈의 심장을 단박에 흡수하였다.

슈가가가각!

그런데 흡수를 마친 화수의 몸이 서서히 투명해지기 시작한다.

급기야 그는 옷만 둥둥 떠다니는 투명인간으로 변해 버렸다.

"어, 어라? 대장?"

"…내 손이 안 보이는데?"

"대장의 손만 안 보이는 것이 아니라 몸 전체가 안 보여! 이, 이를 어쩌면 좋지?"

화수는 자신의 심장을 가득 채웠던 투명 레비아탄의 진기를 밀어내어 천마신공으로 다시 채워 나갔다.

그러자, 그의 몸이 제 자리로 돌아왔다.

스스스스스!

"오오!"

"여차하면 적진으로 침투할 때 사용하면 좋겠어. 몬스터의 소굴로 쳐들어갈 때 쓰면 아주 딱이겠는데?"

"그러게 말이야."

하마터면 죽을 뻔하긴 했지만 이곳에서 건져 가는 것이 참 많은 화수다.

＊　　　＊　　　＊

뭍으로 올라와 거대한 동굴을 빠져나온 야차 중대는 기괴한 괴성이 들리는 음지에 도달했다.

끄워어어어……!

이런 괴성을 들어본 적이 있는 강하나는 아연실색하였다.

"조, 좀비?!"

"그래, 이 괴성은 좀비의 것이야. 이제는 별의별 것들이 다 나오는군. 투명한 괴물에 이어서 언데드까지?"

"놈이 꾀하는 것이 과연 어떤 그림인지는 몰라도 그 그림이 결코 작지는 않은 것 같습니다. 언뜻 생각해 봐도 이렇게까지 종의 다양성을 추구한다는 것은 그저 뛰어난 자손을 낳으려는 계획만은 아닌 것 같아요."

"그렇다면……."

"놈은 레비아탄이라는 갈래의 종을 만들어내려는 겁니다."

"……!"

"우리는 아까부터 놈들이 서로를 잡아먹으면서 조금 더 완벽한 괴물로 거듭날 것이라고 생각했지만, 이제 보니 그게 아닌 것 같아요. 레비아탄의 입장에서 본다면 이 중에 한 마리만 바깥으로 나가도 충분히 최강의 몬스터가 될 수 있는데 무엇 때문에 이 고생을 하겠어요? 시간도 오래 걸릴 뿐더러 개체 수도 적어지는데요."

"흐음…."

"제 생각이 맞다면 아마도 레비아탄은 자신의 종의 기원이 되려는 것이 분명합니다."

야차 중대나 연구팀이 생각했었던 레비아탄의 단순한 모습은 그저 이들의 착각에 불과했던 것이다.

화수는 이제 놈을 없애는 것뿐만이 아니라 그 화근을 없애는 것도 꽤나 중요하다는 것을 느꼈다.

"그렇다면 놈이 자신의 배 속에 품고 있는 이놈들 말고도 또 다른 곳에 알을 낳았을 가능성은 없을까요?"

"그것도 배제할 수는 없습니다. 놈이 나타난 것이 과연 언제인지 알 수 없으니 알을 어디에 낳았는지 알 수도 없지요."

"…큰일인데요?"

레비아탄은 누가 알려주지 않았어도 자신만의 방식으로 종의 기원이 되기를 바랐고, 그에 합당한 능력을 가지고 있었다.

지금 놈을 저지하지 않으면 큰 재앙이 일어날 것이었다.

잠수함은 이제 늪지대에 도달했는데, 워낙 음달이라서 공기 중에 곰팡이가 떠다니는 것 같았다.

"이곳에는 생명체라곤 하나도 없습니다. 심지어 물도 죽어 있네요."

"썩은 물에 사는 괴수라."

"어쩌면 애초에 먹이를 줄 때 죽은 것들을 주었으니 그것이 변태를 했을 가능성도 있겠군요."

"그럼 이곳에 살지도 모르는 레비아탄은 산 것입니까? 죽은 것입니까?"

"그것도 확실치는 않아요."

지금까지 언데드 계열의 몬스터들은 전부 죽었다가 다시 살아난 케이스였다.

그들이 왜 죽었다가 되살아나 몬스터가 되는지 알 수 있는 길은 없지만 언데드의 창궐은 결코 무시할 수 없는 현상이었다.

다행히도 그 개체 수가 그리 많지가 않아서 언데드의 홍수 는 일어나지 않았지만 학자들은 그 무엇보다 언데드의 창궐 을 경계하고 있다.

새까만 웅덩이 몇 개를 지나고 나니 해치 너머로 다양한 형태의 좀비들이 걸어왔다.

끄어어어어……

"개중에는 사람도 있는 것 같긴 하지만, 대부분 몬스터의 시신이 부활한 것 같군요."

"놈이 잡아먹은 것들이 대부분 몬스터나 동물일 테니까요."

"흠, 그렇다면 이곳에 새끼를 보낸 것은 언데드를 잡아먹으면서 살라는 뜻이었을까요?"

화수와 학자들이 탁상공론을 하고 있을 무렵, 웅덩이 전체가 들썩거렸다.

쿠웅……!

최지하는 불길한 표정을 짓는다.

"…감이 좋지 않은데."

"혹시라도 이 진동이 레비아탄의 것인가?"

잠시 후, 그녀의 불길함이 현실이 되어 돌아왔다.

끄에에에에엑!

"으으윽, 귓창이야!"

마치 쇠가 갈리는 듯한 소리에 고주파를 섞은 괴기스러운 음색이 일행의 귓전을 때렸다.

그리고 잠시 후, 하늘에서 검은색 구름이 몰려와 하나의 형태를 이뤄 나갔다.

스스스스스!

순간, 야차 중대의 눈이 휘둥그레졌다.

"허, 허억! 구름이 형태로 굳어졌어?"

"저놈, 형의 틀을 벗었습니다! 저건 몬스터도 아니고 생물도 아닙니다!"

끄이에에에엑!

마침내 형으로 빚어진 레비아탄은 살점의 이곳저곳이 떨어져 나가 있고 그 사이로 뼈와 근육이 보이는 좀비의 형태였다.

한마디로 놈은 지금 살아 있는 것도 아니고 죽은 것도 아닌 상태였던 것이다.

무려 2㎞나 되는 덩치에 박쥐의 날개를 가진 좀비 레비아탄은 화수의 일행이 있는 자리로 새까만 불길을 쏘아냈다.

끼에에에엑!

화르르륵!

알렌은 와이어를 전방의 땅바닥에 쏘아내 그 자리를 얼른 피해냈다.

휘리릭!

타이밍 좋게 도망치긴 했지만 그 충격이 잠수함으로 고스란히 전해졌다.

쿠웅!

"으으으윽!"

"…머리가 띵하군."

"하지만 이렇게라도 피하지 않았다면 지금쯤 우리는 저세상으로 떠나 버렸을 거야, 저것을 좀 봐."

잠수함이 날아간 자리에는 이글거리는 유황불과 그 아래를 가득 채운 산성물질이 보였다. 아마 저곳에 있었다면 잠수함은 흔적도 없이 녹아버렸을 것이다.

"진짜 괴물이 탄생했군. 어쩌면 레비아탄은 이것을 위하여 종의 다양성을 보존한 것인가?"

"아니요, 생물은 생존에 모든 것을 겁니다. 아마도 저건 계산에 없었을지도 몰라요."

한차례 공격에 실패한 레비아탄이 다시 고개를 돌렸다.

―끄이이이이….

눈동자는 없고 오로지 흰자만 남은 놈의 눈빛은 섬뜩하기 그지없었다. 놈의 눈길이 스치면 온몸에 있는 털이 모두 다 곤두서 몸이 딱딱하게 굳어버리는 것 같았다.

"제기랄, 저런 미친 괴물을 도대체 어떻게 잡는담……."

"방법이 없다면 그냥 다음 지역으로 지나갔다가 되돌아오는 것이 어때요?"

"그곳까지 가는 것을 저놈이 허락할까요?"

"흠, 그건 그러네요."

지금 가장 문제가 되는 것은 레비아탄이 죽었다가 깨어났다거나 산성물질이 섞인 유황불을 뿜는 등의 것이 아니었다.

놈은 연기로 기화하였다가 다시 형상으로 굳어 돌아다닐 수 있는 말도 안 되는 능력을 가졌다는 점이었다.

"먹구름으로 분하였다가 다시 뭉쳐지는 저 현상이 우리를 가만히 내버려 두지 않을 텐데, 도망은 어불성설입니다."

"그럼 어째요? 그냥 여기서 다 죽을까요?"

"흠……."

일행들이 방법을 찾기 위해 머리를 맞대고 있는 지금에도 죽음의 레비아탄은 공격을 멈추지 않고 있었다.

끄허어어억!

쏴아아아아!

"젠장! 또 불을 뿜네! 도약하겠음!"

휘리리릭!

쿠웅!

"으윽!"

"미치겠군……."

"이대로 도망만 다니다간 잠수함이 버티지 못하고 부서지고 말 겁니다. 이제는 정말 뭔가 대책을 세워야 할 때에요!"

"아무리 그래도 지금 우리가 할 수 있는 것이……."

순간, 화수의 뇌리를 스치는 것이 있었다.

"잠깐, 저놈이 구름으로 변한다는 것은 습기가 뭉쳐서 다닌다는 것일까요? 아니면 그냥 연기로 변하는 것일까요?"

"…글쎄요. 확실한 것은 아무것도 없지요."

"만약 저놈이 먹구름으로 변해서 달려드는 것이라면 그것을 둔화시킬 수 있는 방법이 있지 않을까요?"

"흠, 구름을 둔하게 만드는 방법이라."

황문식이 화수의 얘기를 듣더니 아주 간단하게 답했다.

"물을 먹이면 되지 않습니까?"

"물을 먹인다……?"

"구름은 무거우면 아래로 물을 쏟으니, 저놈이 물을 잔뜩 먹으면 느려지겠지요."

"흠! 그렇다면……?!"

화수는 방금 전에 먹어치웠던 레비아탄의 심장을 다시 자신의 중단전으로 이끌어 냈다.

꾸르르륵!

그러자, 그의 몸에 수의 기운이 가득 찼다.

"아까 투명 레비아탄을 처치하면서 언뜻 각인된 것인데, 이놈은 물을 다룰 수 있어요. 설령 그것이 썩은 물이라고 해도 말입니다."

"그렇다면 타이밍만 잘 맞아떨어진다면……."

"놈을 잡아서 죽일 수도 있어요!"

"좋아요, 한번 해봅시다! 이대로 도망만 치다간 어차피 죽을 겁니다!"

알렌과 화수는 타이밍을 맞추기로 했다.

"우리가 와이어점프를 하면 놈이 뒤따라올 거야, 그때 해치를 열어서 놈을 잡으면 성공, 아니면 실패야."

"실패하면 우리는 고통스럽게 죽는다. 괜찮겠어?"

"어차피 위험부담을 감수해야 하는 것이 정석 아니야? 그럼 감수해야지."

"좋아, 그럼 단 한 방에 간다."

야차 중대를 잡아먹기 위해 혈안이 되어 있던 죽음의 레비아탄이 다시 한 번 불길을 쏘아냈다.

끼에에에엑!

화르르륵!

알렌은 다시 한 번 와이어를 발사했다.

"도약!"

휘리리릭!

쿵!

"으윽!"

잠수함에 충격이 가해질 무렵, 해치가 자동으로 열렸다.

철컹!

화수는 그 구멍을 통하여 바깥으로 튕겨져 나갔다.

콰앙!

"으헉!"

한차례 바닥을 뒹군 화수는 곧바로 자리에서 일어나 구름으로 변하는 놈을 바라보았다.

스팟!

이윽고 놈이 빠르게 쇄도해 들어오자, 화수는 곧장 장을 뻗었다.

"으헙!"

그러자, 그의 장을 타고 엄청난 양의 물이 뻗어나갔다.

촤라라라락!

잠시 후, 그의 예상대로 놈이 물을 머금어 낑낑거리며 내려앉았다.

끄이이이에엥……?

"좋아! 저놈의 약점이 바로 이것이었어!"

화수는 그 위로 얼음 폭풍을 쏘아 죽음의 레비아탄을 얼려 버렸다.

쉬이이이익!

꽈드드득!

얼어버린 놈의 몸에 와일드 코일 망치가 작렬한다.

"죽어라, 이놈!"

쾅!

쨍그랑!

결국 놈의 몸이 사방으로 흩어지면서 구름 속에 숨겨져 있던 심장이 모습을 드러냈다.

우우웅……!

한데 심장의 형태가 일반적인 코어의 형태가 아니라 사람 주먹만한 다이아몬드의 형태였다.

화수는 그것을 주위 몬스터 학자들에게 건넸다.

"이것이 언데드의 핵일까요?"

"글쎄요. 조금 더 연구를 해봐야 하지 않겠습니까?"

일행들은 그것을 케이스에 보관하려 하였으나, 금세 다시 먹구름이 몰려들었다.

쿠르르르릉!

"허, 허억! 안 되겠습니다!"

"…찝찝하지만 방법은 하나뿐이겠군."

화수는 언데드의 심장을 단숨에 집어삼켰다.

슈가가가각!

그러자, 그의 시야가 일순간에 흐려졌다.

끼이잉!

"으허억……!"

"대, 대장님!"

화수는 그 자리에서 쓰러져 버렸고, 야차 중대는 그를 들것에 실어 잠수함으로 옮겼다.

제7장

의혹,
그리고 초인

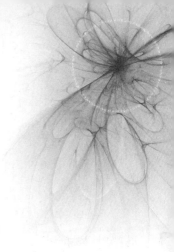

늦은 밤, 강남 상업 지구 상인 연합회가 군부와 첨예하게 대립하고 있다.

협상 테이블에 앉은 상인 연합회장 이동석은 협상 담당관으로 온 이형석을 바라보며 물었다.

"고향이 어디에요?"

"전라북도 전주입니다."

"아하, 전주 이씨?"

"예, 그렇습니다."

"같은 본관이군."

이형석은 이동석에게 같은 본관이라는 것을 핑계로 한 다리를 걸쳤다.

"집안 식구끼리 이러지 맙시다. 어찌되었든 간에 지하를 털어야 다 같이 먹고살 것 아닙니까?"

"아니, 글쎄 사람 말을 도대체 어디로 듣는 겁니까? 그렇게 몬스터 수렵한다고 들쑤시고 다니면 우리는 뭘 먹고 살아요? 안 그렇습니까?"

"몬스터가 박멸되어야 사람도 사는 겁니다. 안 그럼 다 같이 죽어요. 지금 지하철도 몬스터 때문에 막힌 상황인데 장사가 도대체 무슨 소용입니까?"

"그래도 세금 내고 월세 내면서 사는 우리 소상인들은 하루하루가 소중해요."

이형석은 이동석이 왜 이렇게 똥배짱을 부리고 있는 것인지 이해를 할 수 없었다.

"도대체 왜 이러시는 건지 모르겠네요. 혹시 보상금을 바라고 이러시는 겁니까?"

"…뭐요?"

"나라에 구제역이 돌아도 보상금을 주는데 몬스터가 창궐해서 장사를 망쳤으니, 그에 대한 보상금을 바라시는 것 아닙니까?"

"이 사람이 지금 누구를 거지로 아나?! 협상하기 싫으면 그냥 나가요! 사람 열받게 하지 말고!"

이형석은 뭔가 앞뒤가 맞지 않는다고 생각했다.

'돈을 벌자고 장사를 하겠다는 사람들이 보상금이 싫다고? 이건 또 무슨 개 뻑다구 같은 소리람?'

그는 다시 한 번 이동석을 떠보기로 했다.

"좋습니다. 그럼 나라에서 권리금까지 챙겨준다면 어떻게 하시겠어요?"

"…권리금?"

"점포나 상가에 권리금이라는 것이 있을 것 아닙니까? 강남 재개발 하는 셈 치고 보상금에 권리금까지 얹어서 드린다고요."

이 정도 조건이면 지나가던 개도 흠칫 놀라 돌아볼 정도로 솔깃한 제안이다.

하지만 그는 고개를 저었다.

"싫습니다."

"뭐요……?"

"하여간 우리는 이곳에서 한 발자국도 못 움직입니다! 그렇게 알아요!"

이형석은 그제야 저 뒤에 뭔가 흑막이 있을 것이라고 확신했다.

'세상에… 어떤 개자식이 돈을 먹었나? 그런데 몬스터가 창

궐한 곳에 알박기를 시킬 사람이 이 세상천지 어디에 있단 말인가?'

그는 도무지 이해가 가지 않았다.

아무리 정신이 나간 사람이라고 해도 가만히 내버려 두면 자신도 죽을 것을 뻔히 아는데 알박기라니, 미치지 않고서야 도저히 불가능한 일이었다.

더 이상 협상이 불가능하다는 것을 깨달은 이형석이 자리에서 일어섰다.

"…뭐, 좋습니다. 그럼 어디 한번 마음대로 해보세요. 우리는 수렵을 할 겁니다."

"뭐가 어째요?! 그건 법적으로 문제가 있는 처사 아닙니까?! 사람이 멀쩡히 사는 곳에 폭력 사태라니요, 말도 안 됩니다! 당신들, 전부 구속 당하고 싶어요?!"

"총대 멜 사람 한 명만 있으면 되는 문제 아닙니까?"

"……"

"당신들이 무슨 생각을 하는지 나는 잘 모릅니다. 다만, 이것이 나라와 국민을 위한 일이 아니라는 것 만큼은 확실하네요."

"뭐가 어째요?"

"우리 국군은 국민의 생명과 재산을 지킬 의무가 있습니다. 강남 상권에서 장사를 하는 당신들 역시 국민이겠습니다만, 당신들로 인해 수천만의 무고한 생명이 목숨을 잃게 내버려 둘 수는 없지요."

"…세상에 이런 억지가 어디에 있습니까?!"

"어디 있긴, 여기 있죠. 우리는 소신대로 밀고 나갈 겁니다."

"흥! 그렇다면 우리도 방법이 있지! 이 사태를 언론에 고발
할 거요!"

"고발하려면 하세요. 이젠 언론플레이에 하도 휘둘려서 지
쳐 버렸습니다. 까려면 까고 질러 버리려면 질러요. 상관 안
하겠습니다."

"완전 무대포구먼!"

그는 더 이상 뒤도 돌아보지 않고 협상천막에서 나갔다.

이동석은 그런 그에게 외쳤다.

"후회할 겁니다!"

"……."

이형석이 완전히 돌아선 후, 이동석은 어딘가로 전화를 걸
었다.

"물었어요, 완전 제대로 물었는데요?"

─좋아, 수고 많았습니다.

이윽고 전화를 끊은 그 역시 재빨리 천막을 벗어났다.

*   *   *

서울역 광장 앞, 수많은 노숙자들이 사랑의 밥 차 앞으로 모여들었다.

땡땡땡!

"어서 오세요! 식사하고 가세요!"

요즘 서울역 앞에는 노숙자들과 독거노인들이 모여들어 인산인해를 이루는데, 가장 많은 인원이 모여들 때가 바로 지금처럼 아침을 나누어줄 때다.

몬스터의 습격으로 인해 한때 집을 잃었거나 직장을 잃었던 사람들이 아직까지 갈피를 잡지 못하고 서울역에 남은 경우가 많았다.

인구가 1,000만 명이나 죽어나갔기 때문에 경제는 쇠퇴하였고 민생은 피폐해졌으나, 오히려 그 때문에 젊은이들이 일자리를 찾아 나갈 수 있는 계기가 되었다.

사람이 궁하니 무리해서 고임금을 주고서라도 사람을 써야 회사가 돌아갔다. 또한, 젊은 사람들이 나라의 지원을 받아 중소기업을 많이 창업하니 서서히 경제가 살아나고 있었다.

하지만 그에 반해 중년을 넘긴 나이에 실직자이거나 독거노인 등은 일자리를 구하기 힘들어 거리로 내몰리는 일이 허다했다.

이제는 계층 간의 양극화가 극대화되어 청년 실업이 아니라 노숙자, 노인 문제로 번져 나가고 있었던 것이다.

상황이 이렇다 보니 젊은 사람이 서울역 광장 앞으로 나와 밥을 얻어먹으면 모자란 사람으로 보인다.

사랑의 밥 차 앞에는 누더기 복장의 걸인 청년이 서 있었는데, 노숙자들은 그를 보면서 저마다 한 소리씩 했다.

"쯧, 요즘은 예전처럼 일자리 없어서 빌빌거리는 청년들이 없다고 하던데. 저 청년은 뭐가 모자라서 저러고 있는 거지?"

"능력이 없거나 게으른 것 아니겠나?"

"참 나, 나라가 저런 놈팡이들 때문에 밥 차를 운영하는 것도 아닌데 말이야. 염치가 없어도 정도 것이어야지."

온갖 욕이란 욕은 다 먹으면서 줄을 서 있지만 청년은 아주 흥에 겨워 있었다.

"이야, 이게 도대체 얼마 만에 먹어보는 김칫국이야? 간만에 아주 포식을 하겠어!"

청년은 뻔뻔하게 노인들 틈에 끼어 식판에 밥을 고봉으로 퍼 담고 반찬도 아주 넉넉하게 담았다.

"으흐흐, 맛 좋겠구나!"

"저런 호랑말코 같은……."

하지만 노인들이 뒤에서 욕을 한다고 해도 결국 나라에서 주는 밥을 얻어먹는 것은 매한가지이니 대놓고 뭘 어쩔 수는 없었다.

청년은 서울역 구석에 앉아 김칫국을 벌컥벌컥 들이켰다.

꿀꺽, 꿀꺽!

"크흐! 아주 기가 막히는 구나! 이럴 때엔 역시 술 한잔이 빠질 수 없지!"

그는 술 호로에 담긴 맑은 술을 입가에 마구 털어 넣었다.

사람들은 고개를 내저었다.

"뺀질이도 저런 뺀질이가 없네. 쯧, 젊어서 저게 뭐하는 짓이람?"

"신경 꺼. 저런 놈도 있고 이런 놈도 있는 것이지."

처음엔 손가락질을 하다가 이제는 슬슬 신경을 끄는 노인들이었다.

하지만 사실, 이 청년은 저 노인들에게 욕을 퍼부어도 누구 하나 뭐라 할 말이 없는 사람이었다.

그는 250년을 넘게 살아왔기 때문이다.

'젊은 것들이 노인 공경은 못 할 망정 욕이나 씹어뱉어 대다니, 세상이 거꾸로 돌아가는구나.'

강유는 10년 전에 실종되었던 사람이다.

비록 불의의 사고를 당해 실종되긴 했지만 검사 출신 국회의원에 집단의 배경까지 탄탄한 진짜배기 금수저였다.

사고로 실종되었던 그날, 강유는 놀라운 경험을 하였다.

차원의 틈을 지나 수백 년 전 무림으로 떨어져 내렸던 것이다.

시간과 공간을 뛰어넘었던 그는 무림에서 거지처럼 굴러다니며 생을 연명하였다.

그런 그에게 손을 내민 것이 바로 개방이었다.

개방은 그에게 무공을 가르치고 사람답게 살아가는 방법을 알려주었다,.

결국 그는 뛰어난 자질을 인정받아 방주가 되었고, 그 후로 200년 동안 개방을 이끌며 천하제일고수의 칭호를 얻었다.

하지만 그것도 잠시, 그는 또다시 시공간을 뛰어넘어 이곳, 미래의 한국으로 돌아왔던 것이다.

10년 전, 그러니까 강유가 실종되기 전에도 서울역에선 이따금 사랑의 밥 차가 운영되곤 했었다.

물론, 그때는 이런 음식을 왜 먹나 싶었지만 지금은 그 맛이 가히 일품이었다.

"그러고 보면 세상 참 살기 좋아. 구걸을 하지 않아도 공짜로 밥을 주니 말이야. 중원에선 먹을 것이 없어서 개밥을 훔쳐 먹기 일쑤였는데 말이지."

타구봉법이 어째서 개방의 대표적인 무술이 되었냐면, 구걸을 하거나 먹을 것을 구하기 힘들 때엔 사람보다 개들이 가장 큰 경쟁 상대가 되기 때문이었다.

맨손으로 개와 붙었다간 괜히 봉변을 당할 수가 있어서 개방의 거지들은 항상 봉을 들고 다니곤 했었던 것이다.

그 말인즉슨, 동네 개들의 밥그릇을 털어먹는 것이 개방 거지들의 일상이었다는 소리다.

물론, 방에 오래 있으면 귓가에 들리는 정보가 많아서 부수입이 꽤 짭짤하게 들어오지만 초입 거지들은 어디까지나 개들과 경쟁할 수밖에 없었다.

강유에게도 분명 초입 거지이던 시절이 있었고 사부에게서 인간 개조 수업을 받을 때엔 그보다 더 한 생활도 했었다.

그는 국을 떠먹는 족족 감탄사를 연발하였다.

"후룩, 크으! 좋다! 이게 무슨 호사냐? 행복해서 눈물이 다 나려고 하는군."

김치에 두부까지 둥둥 떠다니는 이 따뜻한 국을 공짜로 먹을 수 있었다면, 아마 개방이 무공을 익힐 일은 없었을지도 모른다.

비록 개방의 방주로서 오래 살아왔지만 개방 무공의 특성상 방랑자 생활을 오래 할수록 경지가 깊어지는 특성이 있다.

그는 250세가 넘을 때까지 지금처럼 밖에서 구걸이나 하러 다니면서 살아왔다.

사람들은 그가 괴짜라고 손가락질을 했지만 강유가 초심을 잃고 거지계에서 탈출하였다면 지금의 경지는 결코 이룩하지 못했을 것이다.

"존재하지만 군림하지 않는다, 이 정신을 한국의 정치인들도 가슴 깊이 새겨야 할 텐데 말이야."

강유 자신도 국회의원으로 지내본 적이 있었고 엄청난 자산을 가진 후계자로서 호의호식한 시절도 있었다.

그때야 제 잘난 맛에 살았다지만 지금 생각해 보면 그것들이 모두 다 죄악이었다고 생각했다.

힘과 권력이 있으면 그것으로 민생 위에 군림하는 것이 아니라 다시 민생에게 돌려주는 것이 옳다.

적어도 강유는 자신이 무림의 지존으로 불릴지언정 누군가의 머리 위에서 군림해 본 적이 단 한 번도 없었다.

개방은 항상 그래야 한다고 사부에게 들었고, 자신의 생각 또한 그렇게 변해 버렸기 때문이다.

꿀꺽, 꿀꺽!

"크흐! 취한다! 오늘은 여기서 술이나 퍼마시다가 자야겠다!"

그는 밥을 다 먹고 난 후에 그 자리에 벌러덩 누워 잠을 청하였다.

*   *   *

칠흑 같은 어둠만이 가득한 공간에 한 줄기 빛이 내려왔다.

그 빛은 어둠을 밝히고 공허했던 공간에 생기를 불어넣기 시작했다.

그 이후, 얼마나 긴 시간이 지났을까?

어둠뿐이던 그곳에 땅과 물이 생겨났다. 그리고 그 땅과 물 위에 생명이 꽃피기 시작했다.

아름다운 땅에 수많은 동식물들이 어울려 놀면서 평화가 계속되었다.

하지만 그 평화는 얼마 가지 못했다.

하늘에서 한 줄기 빛이 내려오더니 작은 폭발을 일으켰다.

쾅!

그 폭발은 분자 형태의 미생물이었는데, 이놈들은 공기 중에 떠돌아다니는 박테리아를 잡아먹으며 순식간에 성장해 나갔다.

박테리아는 세포가 되었고 그 세포는 다시 아주 작은 생물로 분화하였다.

처음엔 손가락보다 작았던 이 생물들은 점점 주변의 생명체들을 잡아먹으면서 수없이 많은 종류의 괴생명체 집단을 이뤄냈다.

결국 평화로웠던 땅은 강자가 약자를 잡아먹고 힘이 모든 것을 지배하는 공간으로 변해 버린 것이었다.

광기만이 지배하던 세상은 결국 파멸을 가지고 오고 말았다. 너무나 고도로 진화한 나머지 종족이 세상을 파괴시키는 지경에 이르고 만 것이었다.

괴생명체 집단은 종족 보존을 위해 한 가지 결단을 내린다.

무한한 잠재력이 내포되어 있으며 수 억 가지의 종의 다양성을 보유한 유충 형태의 괴물을 우주 공간으로 날려 보내기로 한 것이었다.

그 안에는 생과 사, 강인함과 약함이 모두 다 들어 있었다.

한마디로 이 유충은 가장 완벽한 생명체나 다름이 없었던 것이다.

유충은 우주를 수백억 년 동안이나 부유하고 다녔다.

억겁의 시간이 지나면서 유충은 딱딱한 화석으로 변해 버렸다. 이젠 유충 안에 들어 있던 생명이 불타 모두 사라져 버렸던 것이었다.

하지만 유충은 새로운 기회를 맞이했다.

그들의 종족이 처음 탄생하였던 땅과 가장 비슷한 조건의 행성을 찾아낸 것이었다.

아직은 원시적인 생명체들만이 가득한 행성이었지만 유충이 아주 천천히 석화에서 생명체로 돌아갈 여건이 갖추어져 있었다.

유충은 다시 수백억 년의 시간을 지나 생명의 불꽃을 피우게 되었다.

두근!

"허억!"

화수는 길고 긴 꿈을 꾸었다.

그는 자신의 심장을 손가락으로 살살 긁어보았다.

후두둑······.

놀랍게도 살갗이 떨어져 나가고 강인한 새살이 그 안을 채워 나가고 있었다.

한마디로 그는 지금 탈피의 과정을 겪고 있었던 것이다.

"제기랄, 엄마가 아무것이나 막 주워먹지 말라고 했는데··· 그 말을 들을 것을 그랬어."

자리에서 일어난 화수는 주변을 둘러보았다.

탈탈탈······.

엔진 돌아가는 소리가 약간 거칠긴 했지만 전술 잠수함의 안이 맞는 것 같았다.

"죽지는 않았던 모양이네."

자리에서 일어선 화수는 간이 응급실에서 나와 한 사람이 간신히 설 만한 샤워실의 문을 열었다.

드륵!

전신 거울이 놓인 샤워실에 들어간 화수는 약간 차가운 물로 몸을 씻어냈다.

솨아아아아!

"후우, 좀 살 것 같군."

그의 몸을 감싸고 있던 허물이 물에 녹아 없어지면서 매끈

해진 그의 피부가 모습을 드러냈다.

한데 그는 깔끔해진 자신의 몸을 보곤 화들짝 놀라고 말았다.

"허, 허억! 눈동자가 왜 이래?! 머리색하고……."

화수의 눈동자는 양쪽이 색이 변해 있었는데, 빛이 반사되는 각도에 따라 색이 자꾸만 변하였다.

머리 역시 고개를 돌릴 때마다 색이 변해서 약간 꺼림칙한 감이 들게 하였다.

"살다 보니 별 이상한 일이 다 있군. 젠장……."

눈동자는 렌즈로 감추면 되고 머리색은 염색을 하거나 가발을 쓰면 되지만 기분이 썩 좋지는 않았다.

샤워실에서 나와 옷을 입고 잠수함 선실로 나가보니 일행들이 한창 작전 회의를 하고 있었다.

화수는 그들을 보며 손을 들었다.

"나 왔어."

"대장님! 일어나셨군요!"

"별일 없었나?"

"아직까진 큰일은 벌어지지 않았습니다. 다만, 밖에서 이상한 소식이 들려왔습니다."

"이상한 소식이라니?"

"그동안 위도가 낮아서 수신이 잘 되지 않았었는데, 광대역 무전기로 몬스터 창궐에 대한 소식이 들려왔습니다."

"몬스터?!"

"지금 강남에 난리가 났고 지하철이 모두 폐쇄되었답니다."

"큰일이군. 정부에선 어떻게 하고 있대?"

"무슨 거지가 한 명 있는데, 그를 찾아서 사건을 해결지으려고 한답니다."

"거지?"

"예. 옥색봉을 들고 다닌다는데, 그 무위가 예사롭지 않답니다. 단 일격에 레서 드래곤을 때려잡았다더군요."

"옥색봉이라."

옥색의 봉이라면 화수에게도 추억이 하나 있었다.

'홍칠공부터 그 제자들까지 대대로 나에게 깨져 나가던 시절이 있긴 있었지. 그 마지막이 누구였더라……'

잠시 상념에 잠겨 있었던 화수가 이내 퍼뜩 정신을 차렸다.

"흠흠, 아무튼 간에 바깥의 일은 바깥에서 알아서 하도록 내버려 두고 우리는 우리의 임무를 계속한다."

"물론입니다."

"잠수함의 상태는?"

"양호합니다."

"좋아, 그럼 어서 빨리 다음 지역으로 이동하자고."

"예, 대장님."

화수와 야차 중대는 잠수함을 이끌고 여섯 번째 지역으로 이동하였다.

*   *   *

여섯 번째 지역은 사방이 온통 밝은 빛으로 둘러싸여 있었다. 또한, 그 하늘에는 강력한 뇌전이 자리 잡고 있어 간헐적으로 벼락을 만들어냈다.

콰아앙!

치지지지직!

온통 빛뿐인 이곳을 지나간다는 것이 쉽지는 않았으나, 이미 산전수전 다 겪은 원정대다.

이제는 새로운 곳을 만나도 그다지 놀랍지 않다는 반응이다.

"빛과 어둠이라. 이곳은 서로 정반대의 세력권이 충돌하는 곳이군요."

"레비아탄의 머리가 얼마나 좋은지는 잘 모르겠습니다만, 이렇게 세분화시켜 종의 다양성을 둔 것을 보면 이 안에서도 세력권을 유지시키려는 목적이 아니었을까요?"

어둠 속에서 한 줄기 빛은 희망을 뜻하지만 암흑이 모든 것을 독식하게 되면 빛은 그 힘을 발휘할 수가 없다.

반대로 빛이 가득한 세상에서 어둠은 설 곳이 없어 아주 작은 귀퉁이만 차지하게 된다. 어쩌면 레비아탄은 양극의 특성을 고려하여 서식지를 만들었을지도 모른다.

화수는 이곳의 빛을 보고 있자니, 아까의 그 빛이 생각났다.

"…그건 도대체 무엇이었을까?"

상념에 잠겨 있던 화수의 귀에 김태하의 다급한 목소리가 들려왔다.

"대장님! 전방에 적 출현입니다!"

"…적?"

이번에는 온몸으로 빛과 뇌전을 뿜어내는 레비아탄이 서 있었는데, 놈의 뒤로는 새빨간 피를 뒤집어쓴 레비아탄이 바짝 따라붙고 있었다.

한꺼번에 두 마리의 출현이라니, 화수와 원정대는 당혹감을 감출 수 없었다.

"제기랄…! 이번엔 정말 쉽지 않겠는데?"

"대장, 어떻게 할까? 이대로 잠수함을 뒤로 물려?"

화수는 지금 당장 어떤 것이 옳다고 판가름을 내릴 수가 없었다.

'이대로 뒤로 도망쳤다간 좀비 떼의 습격을 받을 것이고, 그렇다고 앞으로 나아갔다간……'

척 보기에도 저 둘은 지금 연합을 맺고 있었고 그 세력권이 하나로 합쳐진 가운데 사냥을 벌인다는 것은 말도 안 되는 소리였다.

그는 끝내 결단을 내릴 수밖에 없었다.

"후퇴하자……."

"하지만 저곳은 언데드들이 득실거립니다!"

"언데드고 뭐고 저놈들보다는 훨씬 낫겠지."

몸 전체가 빛과 뇌전으로 이뤄진 레비아탄과 혈액이 뭉쳐져 만들어진 새빨간 레비아탄은 과연 얼마나 대단한 능력을 가지고 있을 지 상상조차 할 수 없었다.

그럴 바엔 그냥 언데드와 싸우는 편이 나을 것이었다.

"전속력으로 후퇴한다!"

"알겠다!"

알렌은 전력을 다하여 후진하였고 두 마리의 레비아탄은 그 뒤를 바짝 쫓았다.

크아아앙……!

화수는 김태하에게 냉동탄을 발사할 수 있도록 지시하였다.

"냉동탄을 쏴서 위협을 해보자고!"

"예!"

철컥!

피융!

안드레아가 만든 압축 질소 탄환이 놈에게 날아가 박혔다.

퍽!

스스스스!

순백색 가스가 퍼져 나가 주변의 공기를 얼어붙게 만들었으나 전혀 소용이 없었다.

"아, 안 먹히는데요?"

"···그래. 빛에 얼음을 쏜다고 어떻게 될 리가 없지."

바로 그때, 하늘에서 은색 레비아탄이 떨어져 내렸다.

슈우웅······!

콰앙!

"허, 허억! 저건 또 뭐야?!"

"몸이 금속으로 이뤄진 것 같은데요?!"

놈은 두 마리의 다른 개체를 향해 포효를 내질렀다.

크아아아앙!

아무래도 2 : 1의 싸움을 벌이려는 듯, 금속 레비아탄이 잔뜩 몸을 웅크린 채 으르렁거렸다.

그런데 신기한 것은 나머지 두 마리가 이 한 마리에게 쩔쩔매는 것이었다.

"저놈이 대장인 것 같은데?"

"대장이라곤 해도 같은 몬스터인데 어째서 인간을 공격하지 못하게 하는 걸까요? 엄연히 따지자면 우리는 침입자인데 말이죠."

"흠··· 그러게 말이야."

"일이야 어찌되었든 간에 시간을 벌었어. 어서 후퇴하자고."

화수는 다시 늪지대로 후퇴하였다.

*   *   *

늦은 밤, 경찰청 본청 수사 팀 안희승이 누더기 옷을 입은 사내를 바라보고 있다.

높은 건물 위에서 망원경으로 그를 바라보던 안희승은 알 쏭달쏭한 표정을 지었다.

"…저렇게 엄청난 능력을 가진 사람이 어째서 서울역 노숙 자들 사이에 있는 거지?"

몬스터들은 항상 거대한 군집을 이루면서 번식하고 그 세 력을 확장하는데, 학자들은 그 근거지를 던전이라고 불렀다.

던전의 안에는 세력의 중심이 되는 마스터피스가 위치하고 있고 그 주변으로 수많은 조력자들이 위치하고 있었다.

한 개의 군락을 처치하기 위해선 마스터피스를 제거해야 하 고 그를 제거하기 위해선 엄청난 숫자의 몬스터와 맞서 싸워 야만 한다.

지금까지 군락과의 전투에서 싸워서 제대로 승리를 거둔 나라는 미국이 유일하며, 그나마 러시아와 중국이 전멸 직전 까지 적을 몰아넣었었다.

한국은 지금껏 몬스터와의 전투에서 전면전 승리를 거둔

역사가 없었고 지금 이대로라면 영원이 그렇게 될 것이었다.

한데, 이번 용산역 사건 이후로 그 기록이 깨져 버렸다.

지금껏 그 어떤 나라도 성공하지 못했었던 군단급 군락과의 전투에서 한국이 전멸 성과를 거둔 것이었다.

덕분에 한국은 지그스터의 표본을 가장 많이 채취한 유일한 국가가 되었고 앞으로 몬스터와의 싸움에서 우위를 점할 수 있는 기틀을 마련하게 된 것이었다.

하지만 이것은 오로지 한 사람, 가칭 '슈퍼 걸인'으로 불리는 저 노숙자로부터 비롯된 것이었다.

만약 저 사람이 마음먹고 돈을 벌자했으면 지금 대한민국은 수천억대의 보상금을 지급해도 모자랄 것이다.

그럼에도 불구하고 저 사내는 천하태평, 누워서 술이나 퍼마시고 있었다.

"욕심이 없는 것인가? 아니면 단순히 괴짜일 뿐인가?"

그녀가 보기에 저 남자는 이 세상과 결코 어울릴 수 없는 사람 같았다.

하지만 그런 생각이 들면 들수록 그에 대한 호기심은 깊어져만 갔다.

"뭐 하는 사람인지는 몰라도 한국, 아니 인류에게 꼭 필요한 사람이다. 저 사람에 대해서 반드시 알아내야 해."

안희승은 오늘 기필코 그에 대해서 알아내고 말겠노라 다짐

했다.

다음 날 아침, 그녀는 잠에 들었다가 깨어났다.

"허엇!"

화들짝 놀라 일어선 그녀는 황급히 망원경을 집어 들었다. 그런데 그의 모습이 보이지 않는다.

그녀는 재빨리 짐을 챙겨 서울역 광장으로 향했다.

이미 흔적도 없이 사라진 그를 찾는 것은 결코 쉽지가 않은 일이다.

하지만 그녀는 포기하지 않았다.

전화기를 든 그녀는 경찰청 보안과에서 근무하는 지인에게 전화를 걸었다.

—어라? 예슬 씨가 아침부터 어쩐 일이야?

"사람 한 명 찾아줘야겠어요"

—사람?

"서울역 노숙자인데, 아주 특이하게 누더기 옷을 입고 있어요."

—…아침부터 그런 사람을 어떻게 찾아?

"아주 특이해요. 게다가 엄청 빠르고요."

—참, 별일이네. 예슬 씨가 사람을 다 찾고 말이야.

"아주 중요한 사람입니다. 반드시 찾아야 해요."

―흠, 알겠어. 잠시만.

그녀의 지인은 어제까지 강유가 잠자리에 들었던 곳의 CCTV화면을 살펴보았다.

그는 화면을 보자마자 실소를 흘렸다.

―허, 참. 정말 특이하네. 저런 사람이 요즘에도 거리에 있었나? 혹시 엿장수 아니야?

"뭐, 그럴 수도 있죠. 하지만 지금 그게 중요한 것이 아니에요."

―가만히 있자… 이 사람, 논현동 방향으로 갔어.

"논현동?"

―잠깐만, 내가 논현동 방향 CCTV를 살펴볼게.

걸인의 행적을 따라 CCTV를 뒤져보던 그는 이내 무릎을 쳤다.

―그래! 이 사람, 논현동으로 가는 것이 맞아. 논현역 앞에서 사라지긴 했지만, 아무래도 주택가로 들어간 것 같아. 돌아선 방향이 그래 보여.

"논현동이라. 알겠어요. 고마워요."

그녀는 택시를 타고 곧장 강남구 논현동으로 향했다.

제8장
과거에서
온 영웅

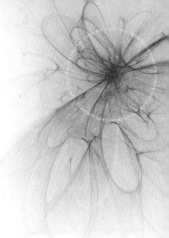

논현동의 고급 주택가로 열 대의 경찰차가 몰려들었다.

삐용, 삐용!

주민들은 갑자기 무슨 경찰차가 이렇게도 많이 몰려오나 싶어서 불안에 떨었다.

하지만 이 경찰차의 행렬은 범죄자를 잡기 위한 것은 아니었다.

이철만 총경은 주택가 한복판에 서 있는 남루한 몰골의 거지를 바라보며 말했다.

"당신이 그 유명한 걸인입니까?"

"걸인?"

"왜, 용가리 통뼈를 한 방에 박살 낸 사람 말입니다."

그제야 남루한 거지가 웃으며 답했다.

"아하하! 그 박쥐 한 마리 없앤 것 말하는 것이군."

"얘기 좀 합시다."

강유는 고개를 가로저었다.

"난 할 말 없는데?"

"…잠깐이면 됩니다."

"내가 바삐 가야 할 곳이 있어서 말이지."

"정말 잠깐이면 됩니다. 그것도 안 되겠습니까?"

"볼일 끝나면 다시 올게. 그때 보자고."

이철만은 자꾸만 이리저리 피해가려고 하는 강유에게 화가 단단히 난 모양이었다.

"사람이 뭔 말을 하면 좀 듣는 척이라도 해야지, 신사적으로 대해줬더니 안 되겠군그래!"

"……?"

"잡아!"

강유는 자신을 억압하라는 그의 명령에 마음속 심마가 약간 꿈틀거렸다.

하지만 그는 화를 술로 억누른다.

꿀꺽, 꿀꺽!

"크흐, 술맛 좋네!"

"조용히 가시죠. 우리 입장도 좀 생각해 주세요."

"어허, 취한다!"

"갑시다."

경찰 30명이 강유를 잡기 위해서 천천히 다가왔다.

철컥!

수갑에 경관봉까지 든 그들을 보고 있자니 갑자기 화가 머리끝까지 솟구치는 강유다.

"…무슨 애기를 하자는 사람들이 이딴 식으로 무력을 행사하나?"

"술에 취해 그런 것 같으니 술이 깰 때까지 데리고 있으려고 하는 겁니다."

강유는 실소를 흘렸다.

"후후, 예나 지금이나 있는 놈들은 지가 마치 신이라도 된 것처럼 행동하지."

"…뭐요?

그는 뒤돌아서 비틀거리며 걸어갔다.

"아무튼 나는 가네!"

"뭐 하나?! 무력으로라도 잡아!"

경찰들이 경관봉을 휘둘러 그를 제압하려 했다.

붕붕!

과거에서 온 영웅 207

하지만 그런 행동들이 강유에게 흠집 하나 낼 수 있을 리가 없었다.

"딸꾹!"

스윽.

술에 취해 비틀거리듯, 갈 지 자로 흔들리는 취팔선이 신묘하게 경찰들을 스쳐 지나갔다.

순간, 그들은 화들짝 놀라서 헛물을 집어 삼켰다.

"허, 허억!"

"뭐, 뭐지……?"

"딸꾹!"

강유는 이내 두 팔을 서로 교차시키며 슬그머니 경찰들을 향해 다가갔다.

스윽, 스윽…….

겉보기엔 그저 비틀거리며 팔자로 걸어 다니는 것 같았지만, 그 손끝을 자세히 관찰하면 은빛 진기가 이슬처럼 맺혀 있었다.

하지만 그것을 알아보는 사람은 아무도 없었다.

"어허, 취한다!"

그의 손은 마치 술잔을 손에 쥔 것처럼 주먹은 반쯤 쥐고 검지와 엄지는 작은 원을 그리고 있었다. 그는 디딤발이 뒤로 나가면서 마치 넘어질 것처럼 신형을 앞으로 밀었다.

"어이쿠, 딸꾹!"

허술하게 쥔 주먹이 사뿐히 날아가 적을 살짝 밀듯이 쥐어팼다.

퍼억!

"크허억!"

"세상이 빙글빙글 도는구나!"

경찰을 한 대 치고 난 후엔 몸이 몇 차례 흔들려 그를 향해 달려드는 적들을 얼음판 위의 팽이처럼 마구 쳐냈다.

퍽퍽퍽퍽퍽!

"컥!"

"무, 무슨 어깨에 쇠봉이 달렸나?!"

결국 그는 한참을 비틀거리다 넘어졌는데, 경찰들은 이때를 놓치지 않고 득달같이 달려들었다.

"저놈 잡아라!"

"와아아아아!"

"딸꾹!"

마침내 벌러덩 누워버린 강유는 그 자리에서 술을 한 잔 더 넘겼다.

꿀꺽!

"크흐, 시원타! 에라, 나도 모르겠다!"

이윽고 그의 몸이 지렁이처럼 기어가면서 달려드는 적들을 아주 교묘히 피해냈다.

팟!

"어, 어어……?"

"아됴……!"

꾸물거리면서 바닥을 기어 다니던 강유의 몸이 한순간 용수철처럼 튀어 오르며 적들을 향해 날아갔다.

피융…….

콰앙!

놀랍게도 적들을 향해 날아간 강유의 신형이 무형의 기운을 폭발시키면서 무려 일곱 명의 경찰들을 기절시켜 버렸다.

"꼬르르르륵……."

강유는 여전히 술 호로를 입에 거꾸로 문 채 자리에서 일어섰다.

꿀꺽, 꿀꺽!

"아이고, 취한다! 잠이나 한숨 늘어지게 자야겠다!"

그는 비틀거리는 걸음으로 동네 구석으로 걸어 들어가더니, 이내 그곳에 벌러덩 누워 잠을 청하였다.

"드르렁!"

경찰들은 도무지 입을 다물 수가 없었다.

"…이 사람의 정체가 뭐야?"

땅바닥에 대자로 누워 잠을 청하는 그에게 의외의 인물이

다가왔다.

"실례합니다."

"······?"

"우리 함께 대화 좀 합시다. 이 사람들 빼고 말입니다."

순간, 경찰들이 부동자세를 취하였다.

촤락!

"가, 각하!"

"각하?"

그제야 실눈을 뜬 강유가 대통령의 얼굴을 바라보았다.

그런데 대통령의 얼굴을 바라보는 강유의 표정이 썩 좋지가 못하다.

"···한명회?"

"저를 아십니까?"

"알다마다······."

자리에서 일어선 강유가 그에게 얼굴을 스윽 들이밀었다.

"이 세상에 자신을 담근 정적을 못 알아볼 사람도 있을까?"

"······!"

그의 한마디에 주변이 단숨에 조용해졌다.

한명회는 더듬거리는 손으로 그의 어깨를 짚었다.

"사, 살아 있었나?"

"재수가 좋은 것인지 나쁜 것인지 몰라도 이렇게 살아남았다. 왜? 나를 보니 조금은 긴장이 되나?"

"……."

강유는 다시 땅바닥에 벌러덩 누워 잠을 청한다.

"가라. 더 이상 할 말 없으니."

"……."

"아, 졸려!"

한명희는 이를 악물었다.

"최강유, 자네에게 부탁이 하나 있어."

"뭐? 부탁?"

"그래, 부탁… 오랜 친구의 부탁이라 생각하고 한 번 만……."

순간, 강유가 자리에서 벌떡 일어서 그의 멱살을 틀어쥐었다.

파밧!

"허, 허억!"

"이, 이런 제기랄! 뭐 하나?! 발포해!"

한명희는 손을 들어 경찰들을 저지하였다.

"그, 그만……."

"가, 각하?!"

"…이 새끼가 정말 뚫린 입이라고 막 말하네? 멀쩡한 사람 저 세상으로 보낸 장본인의 부탁을 들어줄 것 같아? 내가 지금 그래야 해?!"

강유의 살기등등한 눈빛에 조금은 위축이 되었지만 그래도 한명희는 뜻을 굽히지 않았다.

"나는 죄인이다. 하지만 이 나라의 국민들은 죄인이 아니지 않나?"

"그게 나와 무슨 상관이지?"

"아직 네 어머니와 동생이 살아 있다. 그들은 네 가족이 아닌가?"

"……."

"가족이 죽도록 내버려 둘 것인가?"

강유는 한명희의 따귀를 쳤다.

짝!

"으윽!"

"…이런 개새끼가 자꾸 사람 열을 올리네? 어이, 내가 저딴 총 몇 자루 때문에 사람 못 죽일 것 같아?"

"알고 있다. 네가 몬스터를 어떻게 해치우는지 들었거든. 네가 마음만 먹으면 저런 사람들쯤은 별것 아니겠지."

"그걸 아는 새끼가 이렇게 행동하나?"

한명희는 입에 피를 머금은 채 말했다.

"…나를 용서해 달라는 것이 아니다. 그렇지만 산 사람들은 살아야 할 것 아닌가?"

"뭐라?"

"또한, 네가 나를 도와준다면 언젠가 그 은공을 꼭 갚겠다. 정말이야."

강유는 그의 멱살을 그만 놓아주었다.

"이런 씨발……."

"쿨럭, 쿨럭!"

아무리 한명희가 미워도 멀쩡한 국민들을 죽일 수는 없는 노릇이다.

그는 바닥에 있던 타구봉과 칠공호로를 챙겨들었다.

"…뭐야? 뭘 어떻게 하면 되는 거냐?"

"지, 지하철 역사에 괴물이 창궐했다. 그것을 해치워 주면 되는 거다."

"알겠다. 내가 알아서 해치우지."

"지원 병력은……."

"됐어. 그냥 다 찌그러져 있어."

"……."

파밧!

강유는 이내 자취를 감추어 버렸다.

대통령 한명희는 그런 그의 뒷모습을 바라보며 씁쓸한 표정을 지었다.

"설마하니 그 초인이 최강유 전 의원일 줄이야……."

그는 입맛이 써져서 술이 당겼다.

"이철만 총경."

"예, 각하!"

"이곳을 정리하세요. 저는 이만 들어갑니다."

"충성! 계속 근무하겠습니다!"

한명희는 술 한잔 걸치러 청와대로 향했다.

　

*　　　　　*　　　　　*

　

차가운 바람이 불어 강유의 볼깃을 간질이고 있다.

쐐에에에에엥!

"춥군."

그는 한명희의 말대로 지하 소굴에 있다는 몬스터를 해치우기 위해 이곳까지 왔다.

강유는 자신의 단전에 있는 진기를 확인해 보았다.

스스스스!

여전히 진기가 가득 차 있었다.

"흠, 이 정도면 굳이 신물이 없어도 생존에는 문제가 없겠어."

취팔선의 창시자였던 소회자의 수제자인 강유는 개방의 강룡십팔장뿐만 아니라 취팔선권의 달인이기도 하다.

군이 타구봉이 없어도 10만 마도인쯤은 손쉽게 요리할 수 있을 것이다.

그는 상단전의 진기를 중단전으로 끌어내렸다.

끼이이이잉……!

그러자, 그의 눈동자에 안광이 번쩍이며 사방이 대낮처럼 환하게 밝혀졌다.

번쩍!

강유는 밝아진 주변을 천천히 살펴보았다.

그의 앞에 있는 아주 작은 협곡의 맞은편에는 아주 커다란 글씨로 이렇게 적혀 있었다.

용산

"…용산."

이곳은 용산역으로 예상되지만 예전에 그가 보아왔던 용산과는 약간 거리가 있었다.

예전에는 지하철에 스크린 도어가 없었고 와이파이 기계라든지, 스마트폰 전용 스캐너 등이 없었다.

그는 격세지감을 느낀다.

"인생무상이군. 내가 없는 사이에 세상은 이토록 많이 변했다니."

강유가 상념에 젖어 있을 무렵, 전방에서 뭔가 엄청난 진동이 느껴진다.

쿠그그그그그그……!

"……?"

그는 무심결에 뒤를 돌아보았다.

쿠오오오오오오!

순간, 그는 자신의 눈을 의심하였다.

"뭐, 뭐야?! 이게?!"

그의 뒤통수를 향해 달려오는 것은 거대한 벌레처럼 생긴 괴물이었는데, 그 속도가 가히 전광석화처럼 빨랐다.

사사사사사사삭!

마치 갯지렁이와 같이 생긴 괴물의 아가리에는 집게 모양의 엄니 두 개와 뾰족한 이빨이 촘촘히 박혀 있었다.

크아아아악!

아마도 저 엄청난 아가리에 물리거나 빨리면 필시 죽음을 면치 못할 것 같았다.

일단 강유는 비천무영신법을 밟아 하늘 높이 날아올랐다.

파바바바바밧!

불과 100분의 1초 만에 지하철 천장까지 올라선 강유는 신형을 철제 구조물에 가져다 붙였다.

턱!

그러자, 괴물의 거대한 아가리가 허공을 가르며 바닥에 대가리를 찧었다.

쿠웅!

도대체 얼마나 무거우면 지하철역 전체가 흔들려 철제 구조물이 기울어질 지경이었다.

"진짜 괴물이군. 세상에, 저런 마물이 도대체 어디서 나타난 것이지?"

강유는 이곳이 과연 지구가 맞나 싶은 생각까지 들었다.

하지만 그가 오래전에 맞았던 정적이 대통령이 된 것을 보면 지구가 맞긴 할 것이다.

"제기랄, 하필이면 그놈이 대통령일 것은 뭐람. 남아일언중천금, 죽이 되든 밥이 되든 할 건 한다."

잠시후, 정신을 잃었던 괴물이 곧바로 강유를 찾아 대가리를 쳐들었다.

크르르르르르릉, 쿠오오오오오!

강유는 철제 구조물에서 내려와 지하철역 벽으로 옮겨갔다.

파밧!

따악, 따악!

수많은 이빨들이 부딪치면서 소름끼치는 소리가 들리는 것을 보니, 아무래도 강유를 오늘의 식사거리로 생각하는 모양이었다.

"그 엄청난 덩치를 유지하자면 꽤 많이 처먹어야 할 텐데,

나 하나 가지고 성에 차겠냐?"

크아아아앙!

강유는 다시 아가리를 벌리며 득달같이 달려드는 놈을 바라보니 도저히 도망만 쳐선 답이 없겠다 싶었다.

"놈, 징그럽게 생긴 그 아가리를 아주 합주기로 만들어주마!"

그는 타구봉을 왼손으로 잡고 돌리며 내가진기를 극성으로 끌어올렸다.

스스스스스스!

순간, 그의 손에서 뻗어 나온 녹색 진기가 용의 형상으로 변하여 타구봉 양쪽 끝을 물들였다.

쿠오오오오오!

거대한 용의 형상으로 변한 타구봉은 강유의 손을 타고 원을 그리며 빠르게 돌아가기 시작하였다.

부우우우우웅!

천화봉법의 양쪽 용머리에 불이 붙더니, 이내 그것이 불의 고리를 이루어 냈다.

화르르르륵!

"화룡진타!"

강유의 손에서 빚어진 화룡진타의 일수가 괴물의 아가리를 사정없이 갈아내며 전진하였다.

끼기기기기긱!

그러자, 놈은 화들짝 놀라며 뒷걸음질을 치기 시작하였다.

끄이에에에엑!

"징그러운 소리를 내지르는군. 그 더러운 소리를 듣기 싫어서라도 네놈을 요절내야겠다!"

강유는 빠르게 회전하며 진격하던 화룡진타의 원을 발로 차 비상하는 화룡의 형상으로 빚어냈다.

"허업!"

콰앙!

이윽고 그의 발에서 뻗어 나온 화룡이 직선으로 길게 뻗어나가면서 그 안에 있는 모든 것을 불태워 버렸다.

화르르르륵!

끄에에에에엑……!

결국 괴물은 그 자리에서 반쪽으로 갈라지며 죽어버렸고, 강유는 모락모락 연기가 피어나는 놈의 시신을 가까이서 지켜보았다.

치이이이익!

"으윽, 이게 무슨 냄새야?!"

일종의 화학물 타는 냄새인 것 같은데, 강유는 어려서부터 법공부만 해서 이게 무슨 냄새인지 감도 안 잡혔다.

그는 가까스로 정신을 차렸다.

"후우, 머리가 다 아프네. 뭘 처먹고 살면 이런 냄새가……."

바로 그때, 놈의 타버린 몸뚱아리 중간쯤에서 뭔가 푸른색 구슬이 빛을 발하기 시작하였다.

끼이이이잉!

"……?!"

푸른색 구슬은 놈의 몸을 아주 빠르게 재구성해 나갔고, 사방으로 튀어나갔던 살점이 하나로 모여들기 시작하였다.

강유는 저 구슬이 놈을 움직이는 원천이라는 것을 어렵지 않게 간파할 수 있었다.

"징그러운 놈 같으니!"

그는 손을 뻗어 푸른색 구슬에 장을 쳤다.

"회선장!"

콰앙!

순간, 그의 눈앞에 눈부신 빛이 뿜어져 나와 일순간 눈을 멀게 만들었다.

"크윽!"

그리고 그 빛은 점점 더 뜨거워지더니 이내 사방의 모든 물체를 녹여 버릴 듯이 타오르기 시작하였다.

끼이이이이잉, 퍼엉!

강유는 순간적으로 만리추풍신법을 전개하여 지하 2층으로 피신하였다.

파바바밧!

"허억, 허억!"

그는 거친 숨을 몰아쉬었다.

"하마터면 죽을 뻔했네!"

만약 그의 반사 신경이 몇 초만 더 늦게 반응했어도 지금쯤 강유의 몸은 흔적도 없이 타버렸을지도 모른다.

강유는 그 자리에 쭉 뻗어 술을 한껏 들이켰다.

꿀꺽, 꿀꺽!

"크흐, 좀 낫군!"

이럴 때 술이라도 있다는 것이 얼마나 큰 위안인지, 사부에게 절로 고개가 숙여지는 강유다.

그는 자리에서 일어나 터덜터덜 걸어가기 시작했다.

*　　　　　*　　　　　*

용산역 지하 3층, 강유는 두 눈을 뜨고도 지금 이 광경을 곧이곧대로 믿어야 할지 말지 고민에 빠져 있었다.

끄그그그극…….

거대한 알들이 용산역 지하 3층을 가득 채우고 있었던 것이다. 알들은 산발적으로 꿈틀거렸는데, 아무래도 저 안에는 새끼 괴물들이 들어 있을 것으로 보였다.

강유는 이곳이 부화장이고 아까 보았던 그놈이 아마도 성체일 것이라고 생각했다.

"…이건 또 무슨 말도 안 되는 시츄에이션이지?"

사람이 너무 충격적인 광경을 목격하게 되면 자신의 눈을 의심하게 된다고 하더니, 지금이 딱 그런 상황이었다.

그는 천장에서 내려와 수많은 알들 중에서 가장 큰 것을 장으로 내려쳤다.

퍼억!

그러자, 녹색 물이 터져 나오며 잔뜩 몸을 웅크리고 있던 투구벌레 형상의 괴물이 녹아내리듯 흘러내렸다.

끼에에에엑…….

그는 아무리 적게 잡아도 5미터도 넘어 보이는 벌레를 바라보며 아연실색하였다.

"허, 허억!"

강유는 즉시 그 대가리를 발로 밟아 터뜨려 버렸다.

빠각!

푸하아아아악!

그는 눈앞이 깜깜해졌다.

"젠장, 이놈들이 다 깨어나게 되면 나는……."

바로 그때, 저 멀리 보이는 입구에서 공중에 둥둥 떠다니는 구체가 다가오는 것이 보였다.

스스스스스!

놈의 주변에는 칼날처럼 생긴 앞발을 단 날벌레들이 잔뜩 꼬여 있었는데, 아무래도 저 구체 괴물을 호위하려는 것 같았다.

구체는 부화장 도처에 널린 알들에게 촉수를 뻗어냈다.

촤락!

촉수가 닿자마자 알은 한차례 꿈틀대었고, 구체는 촉수를 통해 뭔가를 주입해 주었다.

꿀렁, 꿀렁……!

"먹이를 먹이는 건가?"

알이 커서 부화하려면 당연히 영양분이 필요할 것이고 저 구체 괴물은 그 영양분을 공급해 주는 공급원인 모양이었다.

강유는 아무래도 지금 지구에 뭔가 심상치 않은 일이 벌어지고 있다고 생각했다.

"도대체 뭘까…? 내가 없는 동안 지구에는 무슨 일이 생긴 거야?"

그의 머리가 복잡해진다.

*　　　　*　　　　*

용산역 지하 4층으로 내려온 강유는 이곳에서 조금 더 괴기한 것을 발견하였다.

두근, 두근……!

거대한 눈알이 달린 정체불명의 생명체가 지하 전체를 장악하고 있었는데, 놈의 몸에선 녹색 진흙이 끝도 없이 흘러나왔다.

또한, 눈알에서부터 이어진 거대한 관을 통하여 애벌레들이 기어 나와 부화장으로 향하고 있었다.

아무래도 이 모든 것은 저 징그러운 괴생명체로부터 비롯된 것 같았다.

"난감하군. 이젠 어쩐다? 이걸 다 죽일 수 있을지 없을지 모르는데 말이야."

강유는 갈등에 빠져들었다.

앞으로 걸어가도 죽고 뒤로 돌아가도 죽게 생겼으니, 이것이야말로 궁지에 몰린 쥐새끼 꼴이 아니고 무엇이겠는가?

그러나 그는 죽음보다 더한 곳에서도 살아남았던 사람이다.

부웅!

그는 신물 타구봉을 믿어보기로 하였다.

"이판사판이다. 250년이나 살았으면 꽤 많이 살았지, 뭘 더 바라겠냐?"

강유는 만리추풍신법을 전개하여 전광석화처럼 거대 생명

체 안으로 파고 들어갔다.

파밧!

애벌레의 크기가 강유보다 더 컸기 때문에 괴생명체 안으로 들어가는 것은 그리 힘든 일이 아니었다.

하지만 문제는 거대한 눈알이 강유의 잠입을 불과 5초만에 눈치챘다는 점이었다.

끼에에에에에에엑!

삐이이이익!

"크으으윽!"

고막을 뚫고 뇌리까지 솟구쳐 오르는 쇳소리를 듣고 있자니 머리가 터질 것 같은 강유였다.

그러나 이 소리는 주변의 모든 괴물들을 죄다 불러 모으는 신호였던 모양이다.

—쿠오오오오오오!

곧장 거대한 애벌레 괴물들과 집게벌레 괴물들이 미친 듯이 쏟아져 들어왔다.

"이런 씨부랄?!"

괴물들은 일제히 강유를 향해 미친 듯이 아가리를 벌려댔다.

타악, 타악!

집게벌레들은 산성물질을 물총처럼 내뱉어 강유를 공격하

였는데, 그 산도가 사람을 녹여 죽일 수 있을 정도였다.

테하는 자신을 겨냥하여 날아드는 엄청난 양의 산성물질을 가까스로 피해냈다.

파밧!

하지만 수만 마리는 족히 될 법한 저놈들의 공격을 전부 다 피해내는 것은 불가능했다.

치익!

"크윽!

아주 작은 산성물질 조각이 강유의 팔에 붙었는데, 그 즉시 옷이 녹아 없어져 버렸다.

잘못하면 강유의 몸이 녹아 없어지는 것은 시간문제처럼 보였다.

그렇다면 강유가 선택할 수 있는 것은 오직 하나뿐이었다.

"젠장, 도박을 해보는 수밖에!"

그는 타구봉을 바로 쥐었다.

척!

강유는 자신의 머리 위 30미터 상공에 있는 거대한 심장을 향해 용수철처럼 튀어 올랐다.

피융!

두근, 두근!

제아무리 거대한 덩치를 가진 괴물이라고 해도 심장이 파열되고도 살아남을 수는 없을 테니, 그곳을 공략하려는 것이었다.

하지만 날아오른 그를 가만히 내버려 둘 괴물들이 아니었다.

삐에에에에엑!

"아까 그 날파리들인가?!"

챙챙챙!

날카로운 한 쌍의 칼날을 휘두르며 강유를 위협하는 놈들의 파상 공세가 꽤나 매서웠다.

강유는 상단전의 내공을 입가로 모아 응축시킨 후, 칠공호로의 술을 한껏 머금었다.

츄릅!

이윽고 그는 내공과 함께 술을 뿜어냈다.

"푸웁!"

화르르르르륵!

내공이 만들어낸 내가진기의 불길이 술에 붙어 거대한 화염의 기둥을 만들어내 날파리들을 정리해 나갔다.

끼에에에에엑!

계속해서 불기둥을 뿜어내며 날아가던 강유는 마침내 거대한 심장 앞에 도달하였다.

두근, 두근!

"퉤! 이놈, 이거나 먹어라!"

강유는 개방권법의 오의인 파옥권을 펼쳤다.

"파옥권!"

콰앙!

거대한 녹색 주먹이 날아가 괴물의 심장에 닿았고, 그것이 심장을 급작스럽게 마사지하여 심정지를 일으켰다.

뚜둑……!

끄이에에엑?!

놈의 심장이 정지하면서 녹색 진흙이 더 이상 공급되지 않자, 사방을 가득 채우고 있던 괴물들이 하나둘 노란 수액을 토해내며 죽어갔다.

푸하아아아악!

강유는 무너져 내리는 놈의 몸통 안에서 직경 2미터의 커다란 구슬을 발견해 냈다.

이번에는 그 구슬을 일부러 터뜨리지 않고 등에 짊어진 강유는 재빨리 지상을 향해 내달리기 시작하였다.

제9장

배수의 진

　두 개의 세력이 대립한 가운데, 야차 중대는 한발 물러서 언데드의 구역에 진을 쳤다.

　이곳에 진지를 구축하고 전투에 대비하였지만, 이상하게도 언데드들은 공격할 생각을 하지 않았다.

　우어어어……

　그저 진지의 주변을 어슬렁거리며 지나다닐 뿐, 그 어떤 공격도 감행하지 않았던 것이다.

　이것은 분명 언데드의 습성에 반하는 행동이었다.

　학자들은 이것이 또 다른 이상 현상의 하나라고밖에 설명하지 못했다.

"이곳은 참… 알다가도 모를 곳이군요. 왜 언데드가 신선한 고기를 보고 그냥 지나치는 걸까요?"

"혹시 먹이로 생각하지 않는 것은 아닐까요?"

"먹이로 인식하지 못한다?"

"그렇지 않고서야 어찌 놈들이 우리를 그냥 지나치겠습니까?"

"하긴, 그것도 말이 되는군요."

지금 저 위에선 세 마리의 레비아탄이 박 터지게 싸우고 있고 이곳은 잠시 소강상태를 보이고 있었다.

화수는 지금 당장 무슨 수를 내지 않으면 레비아탄이 내륙까지 진출할지도 모른다는 생각이 들었다.

"어떻게 해서든 저놈들을 뚫고 나가야 합니다. 그렇지 않으면 우리 모두 죽어요."

"하지만 방법이 없잖습니까? 저놈들을 좀 봐요. 얼마나 무지막지한지."

"맞습니다. 더군다나 저놈들은 한 마리도 아니고 세 마리입니다. 한 마리 상대하는데 전력투구를 해야 할 판에 세 마리 전부 상대한다는 것은 어불성설이죠."

"흠……."

가만히 생각에 잠겨 있던 화수에게 김태하의 믿을 수 없는 목소리가 들려온다.

"대장님! 전방에 가고일 무리가 날아오고 있습니다!"

"가고일……?"

가고일은 대표적인 언데드 계열 몬스터로, 지능이 없고 사람을 잡아먹기를 즐긴다는 것으로 알려져 있다.

화수는 당장 전투 준비에 들어갔다.

"전원 전투 준비!"

하지만 김태하는 고개를 가로저었다.

"아니, 그게 아닙니다! 이번에는 조금 달라요!"

"뭐가 다르다는 건가?"

"발에 송아지가 매달려 있는데요?"

"송아지가?"

잠시 후, 가고일들은 무려 50마리가 넘는 송아지를 진지 앞에 떨어뜨려 놓았다.

쿵!

놈들은 자신들이 떨어뜨려 놓은 송아지 앞에 앉아 화수를 바라보고 있었다.

끼헤엑…….

"뭐, 뭐지? 뭘 어쩌라는 거야?"

순간, 몬스터 행동학자 다니엘이 무릎을 쳤다.

"아하! 저놈들, 아까 언데드 레비아탄의 심장을 대령님이 삼

켜서 이쪽을 리더라고 생각하는 것 같습니다!"

"그, 그게 말이 됩니까?"

"안 될 것도 없지요. 언데드는 강력한 알파를 기반으로 무리를 이룹니다. 그 알파의 심장이 언데드의 핵이기 때문이죠. 그런데 그 핵을 대령님께서 가지고 가버리셨으니, 당연히 따를 수밖에요."

"이를 테면 옥새와 같은 것이군요?"

"정확합니다."

화수는 가고일에게 명령을 내렸다.

"물러가라."

끼헥!

그러자, 가고일들은 마치 리모컨 로봇처럼 일제히 날아 어디론가 사라져 버렸다.

다니엘의 말처럼 가고일들은 화수를 알파로 생각하는 모양이었다.

"그래, 바로 이거야!"

"이놈들을 이용하면 충분히 저곳을 통과할 수 있을 겁니다! 굳이 레비아탄 새끼들을 상대하지 않더라도 시간과 이목을 끌 수 있을 테니, 그 틈을 타서 우리는 심장을 폭파시키면 되는 것이지요!"

"그래요, 그럼 언데드 군단을 이용해서 심장까지 단숨에 달려갑시다."

화수는 주변에 있는 언데드들을 되는 한 최대한 많이 끌어 모으기 시작했다.

*   *   *

언데드 군단을 조성한 지 네 시간 째, 화수는 이제 자신의 위치가 어디인지 헷갈릴 정도로 많은 개체 수를 모았다.

아마 숫자로 따진다면 대략 200만 마리쯤 되는 것 같았다.

"이 정도면 될까요?"

"글쎄요. 돌파를 해봐야 알겠지요."

200만 마리를 일자로 쭉 세워놓으면 그 끝이 보이지 않아 한참을 달려가야 할 정도였다.

화수는 어차피 이곳에서 계속하여 언데드를 모을 수 있으니 인원은 걱정이 없다고 생각했다.

"좋습니다. 당장 시작하시죠."

"갑시다!"

더블 헤드 언데드 키메라 두 마리에게 잠수함을 매달고 공중으로 날아가기로 한 야차 중대는 먼저 지상군부터 투입하기로 했다.

"1군 투입!"

끼에에에엑!

좀비, 스켈레톤, 구울, 스플린트, 데들리스 윌 등, 지상에서 볼 수 있는 몬스터란 몬스터는 죄다 동원되어 돌격하기 시작했다.

우르르르르!

레비아탄 세 마리는 자기들끼리 한참을 싸우다가 불현듯 놀라서 까무러쳤다.

크에에엥?

"후후, 제대로 걸려들었어!"

화수는 더블 헤드 언데드 키메라에게 심장을 향해 날아갈 것을 명령했다.

"가자!"

끼에에에에!

놈들의 앞으로는 수만 마리의 가고일들이 날아가 길을 텄고, 야차 중대는 그 위를 교두보로 삼아 날아갔다.

후우욱, 크아아아앙!

레비아탄의 새끼들이 형형색색 불길을 뿜어냈으나, 가고일의 숫자가 워낙 많아서 그 불길이 닿지를 못했다.

지상에서는 엄청난 숫자의 몬스터들이 칼을 들고 설치니, 제 아무리 레비아탄이라도 어쩔 도리가 없는 것 같았다.

야차 중대는 환호하였다.

"서, 성공이다!"

"하하, 하하하! 멍청한 놈들! 이게 바로 인해전술이다!"

알렌은 엑스레이 지도에 나와 있던 대로 심장으로 가는 작은 길목으로 안내하였다.

"대장, 이 근처야. 이곳에서부터는 놈들의 도움을 받지 않아도 될 것 같아."

"오케이, 그럼 지금부터 폭파 작전을 실시하자고."

야차 중대는 레비아탄의 거대한 심장 50곳에 초강력 전기 충격기를 설치하고 그곳에 충격을 가하여 심장의 정지를 일으키는 작전을 짰다.

만약 심장정지가 이뤄지지 않는다면 심장에 직접 폭발을 일으켜서 몬스터 코어가 분해되는 것을 유도할 수밖에 없다.

다만, 그렇게 되면 거의 차르붐바급의 폭발이 일어날 것이기 때문에 탈출은 거의 불가능하다고 봐야 할 것이다.

"…실패하면 우리는 다 죽습니다."

"알아요. 그래도 가야 하는 것이 우리의 길이죠."

야차 중대는 전술 잠수함을 타고 다니면서 사방에 50개의 전기 충격기를 설치하였다.

이제 버튼 하나만 누르면 놈의 심장은 정지할 것이다.

"대장, 준비 완료됐다."

"좋아… 샷!"

위이이이이잉……!

철컹!

몬스터 코어를 기반으로 만들어진 자가 핵 발전기가 내뿜는 전력은 심장을 곧바로 태워 버릴 수 있을 정도로 강력했다.

하지만 그 한 방으로 심장은 정지하지 않고 오히려 폭주하기 시작했다.

쿠그그그그……!

"이, 이놈이 미쳐서 날뛰는데요?!"

"젠장! 이 방법이 안 통하면…….."

"뭐, 뭐야?! 한 방 때릴 전기밖에 없어요?!"

"별수 없습니다. 그 많은 전력을 몇 번이고 동원할 수는 없으니까요."

"허, 허어!"

화수는 가브리엘에게 로봇 추진 장치에 대해 물었다.

"만약 이곳이 폭발한다면 우리가 도망칠 수 있는 확률은 어느 정도 될까? 그 정도의 출력이 나오겠어?"

"아마 후폭풍으로 인해 출력은 충분해질 거야. 다만, 그 복사열이 닿기 전까지 바다로 나아갈 수 있느냐가 문제겠지?"

"제기랄……."

현재 이곳의 위치가 어디인지 알 수는 없지만, 만약 일이 잘못되면 지구는 멸망에 이르게 될 것이다.

화수는 결의를 모았다.

"별수 없습니다. 이곳에서 우리가 희생하지 않으면 지구 전체가 종말을 맞을 겁니다, 어떤 길로 가든 죽는 것은 마찬가지라는 소리죠."

"…그렇다면 인류에 조금이라도 도움이 되는 죽음을 맞는 것이 낫겠군요."

"우리 군인들과 용병들은 그렇다 치더라도 박사님들은 준비가 되었습니까?"

그들은 실소를 흘렸다.

"우리도 남자입니다. 그 정도 각오도 없이 이곳까지 왔을까봐요?"

"좋습니다. 그럼 결의가 된 것으로 알고 거행하겠습니다."

화수는 잠수함에 내장되어 있던 헬파이어 미사일 두 정을 발사하도록 명령했다.

"우리의 유일한 무기이군. 헬파이어 미사일을 준비해."

"오케이, 캡틴!"

알렌은 미사일 발사의 명령어를 입력하였고, 잠수함은 그 즉시 조준 시스템을 구동시켰다.

─잠시 후, 헬파이어 미사일이 발사됩니다.

가브리엘은 추진 장치를 잠수함의 뒤에 설치하고 그 상태를 점검하였다.

"출력, 연료, 모두 이상 없음."

"좋아, 그럼 미사일을 날리고 심장의 분쇄 반응이 일어나는지 지켜본 후에 탈출한다."

"알겠다."

이제 화수는 최종적으로 격발을 명령하였다.

"미사일, 발사!"

"발사!"

딸깍.

버튼 하나로 미사일 두 발이 전방으로 빠르게 날아갔다.

슈우우우웅……!

이제 모든 것은 놈의 심장이 어떻게 반응하느냐에 따라 달렸다.

삐비비비비빅!

―폭파 5초 전, 4, 3, 2, 1…….

콰앙!

화르르르륵!

미사일 두 개가 연달아 명중하면서 레비아탄은 고통의 비명을 질러댔다.

쿠오오오오오오……!

잠시 후, 그 비명을 따라서 심장이 분쇄 반응을 일으키기 시작했다.

지이이이잉!

"포, 폭발한다!"

"도망쳐!"

가브리엘은 신속하게 추진 장치를 작동시켰다.

위이이이이잉……!

"달려, 어서!"

잠수함은 무너져 내리는 몸통의 반대로 달려 나가기 시작했고, 활짝 열려 버린 놈의 항문으로 탈출을 감행하였다.

화르르륵!

하지만 후폭풍이 너무나 강렬해서 잠수함은 금방이라도 녹아버릴 것처럼 달아올랐다.

위잉, 위잉……!

─경고, 온도가 너무 높습니다! 탈출 준비를 요망합니다!

"제기랄!"

일행이 눈을 질끈 감고 있을 무렵, 저 멀리서부터 은색 레비아탄이 미친 듯이 달려왔다.

크아아아앙!

"저, 저 새끼가?!"

놈은 잠수함과 함께 빠져나가기 위해 안간힘을 쓰며 생존을 위해 몸부림쳤다.

하지만 놈이 그러면 그럴수록 꼬리부터 열에 의해 녹아내렸고, 놈이 열을 막아준 덕분에 잠수함은 더 이상 온도가 상승하지 않게 되었다.

"남은 거리 3km!"

"좋아, 거의 다 왔어!"

바로 그때, 은색 레비아탄 역시 심장의 분쇄 반응을 일으키며 죽어갔다.

위이이이잉!

콰앙!

"크윽!"

덕분에 생겨난 반발력으로 잠수함은 광속으로 날아가 레비아탄의 몸에서부터 빠져나갈 수 있었다.

뽀옹!

잠수함은 이내 푸른 바닷속으로 들어가 버렸고, 레비아탄은 엄청난 폭발과 함께 사라져갔다.

콰아앙!

고오오오오!

지구 전체가 흔들릴 정도로 엄청난 폭발을 일으키면서 죽어간 레비아탄의 시신은 바다 곳곳에 흩뿌려졌다.

화수는 충격을 받은 대원들의 안위를 살폈다.

"다친 사람은……?!"

"없습니다!"

"와하하, 살았다!"

레비아탄 원정대는 끝내 목표를 이루고 자운대로 돌아갈 수 있게 되었다.

*　　　　*　　　　*

용산역 지하철 입구 앞, 수도 방위 사령부 병력 3만 명이 집결해 있었다.

이제 곧 제7기계화 군단이 이곳으로 몰려올 것이며, 그들이 공격 거점을 잡으면 공군과 해군이 작전에 합류하게 된다.

한마디로 대한민국 국군의 핵심 전력이 이곳으로 전부 다 모여든다는 소리였다.

지하 생태학자, 즉 몬스터 전문가들은 이번 지진이 곤충형 몬스터 지그스터에 의한 것이라고 단정했다.

지그스터는 대략 3개월 전부터 지하 시설이나 건물 등에 주로 출몰하고 있었는데, 간간이 지하철역이나 터널 안에서 주로 발견되었다.

지그스터는 초대형 부화장인 마스터 누골이 애벌레를 낳으면 그 안에 DNA 정보를 주입하여 변태하는 형태로 번식하는데, 그 속도가 기하급수적으로 빨랐다.

더군다나 지그스터는 끊임없이 진화를 거듭하여 시간이 지나면 지날수록 고등화 되어가는 중이었다.

몬스터 전문가들은 아마도 레비아탄이 스스로 진화할 수 있는 것이 이 지그스터와 비슷한 체계를 가지고 있기 때문일 것이라고 추측했다.

지그스터가 이 지경까지 이르게 된 것은 제때 수렵 부대를 운용하지 못한 군부의 잘못이 크다.

화수가 이끄는 야차 중대는 이러한 문제가 생기기 전에 미리 대비하여 소탕 작전을 벌여야 한다고 주장했지만, 그 의견은 번번이 묵살되곤 했다.

레비아탄이 창궐하기 전에도 누누이 지하 시설의 방비를 목 놓았던 화수의 제안이 무색하게 된 것이다.

한국 몬스터 연구회 지하 생태 연구팀장 서예슬은 이 사태가 마스터 누골의 세력 확장으로 인한 폭발이라고 주장하였다.

수도 방위 사령부 소속 성동수 대령은 그녀에게 마스터 누골의 세력 확장이 현재 상황에 끼치는 영향에 대해 물었다.

"그 마스터 누골이라는 놈이 세력을 확장하게 되면 어떤 일이 벌어지는 겁니까?"

"또다시 살육전이 벌어지겠지요. 아마 수만 개의 알이 부화해서 지상으로 기어 나올 겁니다. 그때는 자동화기로 대응해도 늦을 것입니다. 지금이라도 늦지 않았습니다. 특수부대를 파견해서 안의 상황을 살피는 것이 옳아요."

"하지만 대기하라는 것이 청와대의 명령입니다."

"……."

수도 방위 사령부는 현재 서울 시내권에 있는 몬스터의 지하세력 열세 곳을 소탕하기 위해 특수부대를 파견하였지만 아직까지 이렇다 할 진전이 없는 상태였다.

그나마 몬스터들이 한두 마리씩 기어 나올 때마다 그것들을 사전에 처단하고 있긴 하지만, 근본적인 대책 마련은 전혀 되어 있지 않은 상황이었다.

한마디로 현재 대한민국은 언제 터질지 모르는 시한폭탄을 바로 발밑에 놓아두고 사는 격이었다.

그런 그들에게 떨어진 명령은 한 비렁뱅이 초인을 믿고 언제까지고 대기하라는 것이었다.

성동수 대령은 답답한 속내를 그녀에게 드러냈다.

"지금 우리가 할 수 있는 것은 아무것도 없어요. 그 거지인지 초인인지 하는 사람을 믿어보는 수밖에 없단 말입니다. 제아무리 군인이라고 해도 청와대의 말을 무시한다면, 그건 반역이에요. 우리가 반역자가 되길 바라요?"

"그건 아니에요. 하지만 저희들 입장에서도 그것이 최선이기에 말씀드린 것뿐입니다."

두 사람이 한참 갑론을박하고 있을 무렵, 한 병사가 무전을 보내왔다.

치익!

─연대장님, 전방에 뭔가 검은색 물체가 보입니다!

"뭐라?"

서예슬은 흥분해서 무전기를 빼앗아 들었다.

"몬스터 전문가 서예슬 박사입니다! 검은색 물체가 어떤 종류인가요?! 날개가 달렸어요?! 아니면 거미처럼……."

─어, 어, 어마어마하게 빠른데요?!

"빨라요? 얼마나요?"

─허, 허억! 100미터를 1초도 안 되어 주파합니다!

"이, 이런!"

서예슬은 추가 병력을 전진시켜야 한다고 주장했다.

검은색 물체가 괴물이라고 생각했기 때문이다.

"대령님, 지금 이러고 있을 시간이 없어요! 저들을 살리고 싶으면 추가 병력을 파견해야 한다고요!"

"젠장!"

성동수는 휘하의 장교들에게 명령을 하달하였다.

"지금 당장 포병 병력에게 사격 준비를 명령하고 특공대를 파견한다!"

"하지만 연대장님! 잘못하면 항명으로 처벌을 받습니다!"

성동수는 이를 악물었다.

"이런 씨발, 이젠 나도 모르겠다! 내가 옷을 벗을 테니 그냥 쏴버려!"

"예!"

그의 명령 한마디에 특공대가 즉시 단독 군장 상태로 용산역 입구로 달려 나가기 시작하였다.

—첨병조, 전방의 상황은 어떠한가?

—아직 양호하다.

—제1제대, 돌입!

특공대 병력 50명이 투입된 가운데, 성동수가 긴장한 채로 무전기를 잡고 있었다.

그는 여차하면 포병 병력을 동원하여 진내 사격을 감행할 것이었다.

"사격 대기, 좌표는 모두 숙지하고 있지?"

—물론입니다.

성동수의 등줄기에 땀이 흘러내리고 있을 무렵, 무전기가 울렸다.

치익!

—…몬스터가 아니고 사람인데?

—저, 정말이네?

—연대장님, 사람입니다! 몬스터가 아니고 사람이 걸어 나

왔습니다!

"뭐, 뭐?!"

화들짝 놀란 그는 즉시 현장으로 달려갔고, 서예슬 역시 그 뒤를 따라 달렸다.

그리고 잠시 후, 통제구역으로 지정되어 있는 용산역 입구에 두 손을 번쩍 든 사내가 눈에 들어왔다.

그는 넝마를 걸치고 있었는데, 허리춤에는 호리병 같은 것이 매달려 있었다.

언뜻 보면 거지처럼 보이는 복장이긴 했지만 허리에 매달린 아홉 개의 매듭은 백금으로 이뤄져 있었다.

"허, 허억! 정말로 살아 돌아왔네?!"

"그, 그러게 말이에요. 그런데 저 사람, 혼자 들어갔다가 나온 사람 아닌가요?"

"맞습니다."

"그런데 이렇게 빨리 나와요?"

"초인이라지 않습니까?"

"하, 하긴."

잠시 후, 그는 병사들의 앞으로 다가와 물었다.

"사냥한 것을 어디에 놓으면 되는 거지?"

"뭐, 뭘 말입니까?"

"이런 것 말이야."

사내는 등에 짊어지고 있던 봇짐을 풀어 땅에 내려놓았다.

쿠웅!

"어휴, 무거워! 뭔 구슬이 이렇게 무거워?"

순간, 주변이 경악으로 물들었다.

"어, 어어……?!"

"이 정도면 내가 할 일은 다한 것 같은데."

"저, 저 안에 있던 괴물들은……."

"다 죽었으니까 내가 멀쩡히 걸어 나왔겠지. 안 그런가?"

"그, 그렇긴 하지만……."

"아무튼 나는 이제 그만 가봐야겠다. 사람을 기다리게 하는 것도 정도가 있지, 그 노인네 지쳐서 쓰러지겠어."

성동수는 이내 사라져 가려는 그에게 물었다.

"저, 저 선생님!"

"……?"

"서, 성함이라도 좀……."

그는 얼굴을 와락 찌푸리며 말했다.

"네 왕초에게 물어봐."

"와, 왕초?"

"한명회 말이야."

"그, 그게 무슨 말씀이십니까? 자세히 좀 말씀해 주십시오."

성동수는 진심으로 고마움을 표시하기 위해 이름을 물었지만 그는 대답을 하지 않는다.

"아무튼 나는 간다. 불만 있나?"

"아, 아니요, 잠깐……."

잠시 후, 그는 마치 총알처럼 신형을 튕겨 사라져 버렸다.

파밧!

"허, 허억!"

"뭐야…? 저 사람 도대체 뭔가요? 도대체 어떻게 이런 일을……?"

두 사람은 잠시 넋이 나가 있다가 서예슬이 먼저 정신을 차렸다.

"내 정신 좀 봐! 저 안에 죽은 샘플들이 즐비할 겁니다! 병력을 지원해 주세요! 급한 일입니다!"

"알겠습니다. 제가 직접 병력을 인솔해서 들어가겠습니다."

파견 병력 중 수색대대의 전 인원들이 용산역 안으로 들어가 수색 및 정찰을 펼치기 시작하였다.

제10장

달달한 여행,

그리고…

　이른 아침, 화수의 집으로 대형 SUV차량이 달려왔다.

　꼭두새벽부터 짐을 싼 화수는 SUV가 도착하자마자 반가운 마음으로 달려 나갔다.

　"성희 씨, 벌써 왔어요?"

　"여행을 간다고 어제 초저녁부터 자는 바람에 좀 일찍 일어났어요."

　"그랬군요. 저도 그런데……."

　레비아탄을 해치운 공로를 인정받아 이미 장성 진급 심사가 국회의 만장일치로 통과된 화수였지만, 아직까지 장성급

장교의 전역자가 나오지 않아 발령 대기 상태에 있었다.

이례적이지만 현재 화수의 계급은 준장 진이었다.

현재 야차 중대의 다른 인원들은 한 달간의 휴가를 갖고 사회에서 자유롭게 지내다가 입교 통지서가 나오는 대로 자운대 사관학교 특별 과정을 거쳐 장교로 임관하게 될 것이다.

상사 계급은 소령, 원사 계급은 중령으로 편제가 될 것이고 김예린 소령은 내일부로 중령으로 편제가 바뀔 예정이다.

화수는 자신에게 주어진 휴가를 차성희와의 여행에 일부 할애하기로 했다.

이미 출정을 하기 전부터 약속했던 여행이고 차성희의 생일 파티를 괴물 때문에 망쳤다면서 두 사람이 준비한 회심의 여행이다.

비록 외국으로 떠나는 거창한 여행은 아니지만 한국에서도 충분히 그 재미를 느낄 수 있을 것이다.

차성희는 화수가 사냥으로 고생했다며 스스로 차를 대여하고 자신의 이름으로 보험까지 가입했다.

그녀는 오늘 화수를 데리고 다니면서 직접 운전대를 잡을 생각이었던 것이다.

오늘의 여행 코스는 경기도 양평을 거쳐 춘천으로 가는 길이다.

두 사람은 관광이 처음이라서 아는 것이 별로 없지만 인터넷에 나온 대로 움직이면서 차근차근 길을 찾아나갈 생각이다.

영동고속도로를 타고 춘천으로 가는 길, 차성희는 뻥 뚫린 고속도로를 바라보며 미소를 지었다.

"이 모든 것이 야차 중대의 공이라죠?"

"영동고속도로 말입니까? 이건……."

"알아요. 공식적으론 대토벌군의 공이라고 나와 있지만 사실은 그렇지가 않죠."

"후후, 아주 오래된 얘기입니다."

지금까지 수많은 토벌전을 승리로 이끌었던 야차 중대이지만 그 공이 100% 다 세상에 알려진 것은 아니다.

그들은 그저 생존을 위해 싸웠을 뿐이고, 세상이 그것을 알아주지 않는다고 해서 실망하는 사람은 한 명도 없었다.

차성희는 그런 화수가 너무나도 자랑스럽다.

"당신은 국가의 영웅이에요. 언제 한 번 TV에 나와서 얼굴을 비추는 것이 어때요?"

"하하, 됐습니다. 저는 화면발이 쥐약이라서 그런 것에는 좀……."

"그래도 당신이 TV에 나오면 국민들의 관심이 높아져서 지금보다 처우가 더 개선될 텐데요?"

"우리는 그런 것을 바라고 싸우는 사람들이 아닙니다. 만약 돈을 바라고 일을 했다면 진즉 용병단으로 빠졌겠지요."

"그렇긴 하지만……."

"나는 알아주는 사람 한 명만 있으면 충분합니다."

순간, 차성희의 얼굴이 새빨개졌다.

"…모, 몰라요."

"진심입니다."

화수의 저돌적인 고백에 그녀는 몸 둘 바를 모르고 허둥지둥 댄다.

"그, 근처에 휴게소가 있데요! 화장실 좀 들렀다가 갈까요?"

"그럽시다. 휴게소에 들른 후엔 내가 운전대를 잡을 테니 좀 쉬어요."

"아니요! 괜찮아요!"

"에이, 그러지 말고 운전대를 줘요. 오늘 그곳에 가서 놀 기운은 남겨둬야 할 것 아닙니까?"

"아아, 그, 그건 그러네요."

두 사람은 휴게소에서 운전자를 바꾸기로 하고 잠시 차를 멈추었다.

서울 교외를 빠져나온 두 사람은 그 상쾌함을 만끽했다.

"후아, 좋다! 이게 도대체 얼마 만에 느껴보는 한적함이야?!"

"저는 아나운서가 된 이후로 한 번도 산에 와본 적이 없어요. 물론, 그 전에도 공부만 하느라 돌아다닐 시간이 없었고요."

"그럼 오늘 마음껏 즐겨봅시다."

강산을 즐기는 방법 중에 가장 신나는 것은 여름이요, 고즈
넉한 것은 겨울이라는 말이 있다.

두 사람은 휴게소 음식 몇 개를 사서 겨울 산이 보이는 곳
에 자리를 잡았다.

차성희는 설경을 보자마자 감탄사를 연발하였다.

"우와, 이게 다 뭐야?!"

"예쁘죠? 나는 한국의 산을 가장 좋아합니다. 설경이 아름
답거든요."

"그래요, 왜 삼천리금수강산이라고 하는지 알겠네요."

수려하고 고고하며, 기품이 넘치고 아련한 감성까지 갖춘
한국의 설산이야말로 명물 중에 명물이었다.

한참을 그 자리에 앉아 산을 감상하던 그녀가 슬슬 손을
비비기 시작한다.

화수는 그녀의 붉어진 손을 덥석 잡았다.

"춥죠?"

"아, 아니……."

그는 차성희의 손을 자신의 양볼에 가져다 댔다.

"자, 어때요?"

"어, 어머나!"

이것은 화수가 어려서부터 누나와 여동생에게 해주던 버릇
인데, 차성희는 이 작은 배려에 얼굴이 빨개졌다.

"그, 그만 갈까요? 너무 추워서……."

"그럼 그럴까요?"

화수는 그녀에게서 자동차 스마트키를 건네받아 새로이 운
전석에 앉았다.

＊　　　＊　　　＊

춘천시에 위치한 강촌으로 가는 길, 화수와 차성희는 잔뜩
신이 나서 어깨를 들썩거렸다.

"우와, 여기가 바로 강촌이구나!"

"겨울이라서 사람이 좀 적기는 해도 경치는 그만이죠?"

"사람이 적으면 더 좋죠! 우리 둘이 한적하게 지낼 수 있잖
아요?"

"그래요, 그건 그렇군요."

화수는 미리 예약해 두었던 펜션으로 차를 몰았다.

펜션은 강변 바로 앞에 위치해 있어서 경치는 물론이고 각
종 레저를 즐기기에 안성맞춤이라고 쓰여 있었다.

또한, 가족 단위로 즐길 수 있는 스파 시설과 개별 바비큐
까지 갖춰져 있어서 연인들에게도 인기가 만점이라고 소개되

어 있었다.

화수는 인터넷 추천으로 알게 된 펜션 단지에 들어가면서부터 약간 긴장하기 시작했다.

'강변의 경관이 좋은 것은 알겠는데, 전부 모텔들이네……'

만약 두 사람이 확실히 연인이거나 경험이 많은 남녀라면 모를까, 이렇게 수려한 경관에 핑크빛 분위기가 물씬 풍기는 곳에 오니 서로 긴장이 될 수밖에 없었다.

화수는 자꾸 몸에서 열이 나는 바람에 여행용 옷의 자켓을 한 꺼풀 벗어 던졌다.

"후우, 좀 덥네요."

"…그러네요."

셔츠 사이로 살며시 드러난 가슴골과 떡 벌어진 어깨는 화수의 남성성을 유감없이 드러냈다.

하지만 한편으로 화수는 한참 땀을 흘려 냄새가 나지 않을까 긴장했다.

'자, 잠깐! 무공을 익혀도 홀아비 냄새, 땀 냄새는 그대로이던데……'

행여나 땀 냄새가 나면 어쩌나 하고 긴장하는 화수와는 다르게 성희는 오히려 그 냄새에 자극을 받고 있었다.

'이, 이상하네. 어디선가 자꾸 좋은 냄새가……'

남자가 여성의 머릿결에서 나는 냄새에 끌리는 것처럼 여자들은 남성의 땀 냄새에서 묘한 매력을 느끼곤 한다.

사실상 몇 번의 연애 말고는 해본 적이 없는 그녀는 이것이 향수라고 생각했다.

"향수 냄새가 참 특이하네요. 향수 바꿨어요?"

"아니요. 원래 쓰던 향인데?"

"아아, 그런가요? 오늘따라 냄새가 묘하게 좋네요……."

"그, 그래요?"

화수의 땀 냄새에 이끌려 한마디 칭찬을 내뱉은 그녀는 마치 자석에 이끌리듯 화수의 팔뚝과 어깨로 눈이 갔다.

꿀꺽!

'원래 몸이 다부지다는 것은 알았지만 이 정도일 줄은 몰랐는데?'

그녀는 운전대를 잡은 화수의 어깨와 가슴골을 자꾸만 힐끔힐끔 쳐다보았다.

화수 역시 그것을 느끼고 있기는 했지만 설마하니 자신의 몸을 훔쳐본다곤 생각지 못했다.

'아아, 역시 냄새가…?! 제기랄, 이럴 줄 알았으면 겉옷을 입지 않는 건데!'

약간 상기된 표정으로 운전을 하다 보니 자연스럽게 손에 힘이 들어가게 된 화수다.

순간, 모텔에서 나와 역주행을 하던 차량과 마주하게 되자,

그는 급하게 핸들을 꺾었다.

끼익!

"꺅!"

"이런……!"

그녀를 지켜야겠다고 생각이 든 화수는 자신도 모르게 오른팔을 뻗었다.

척!

그런데 하필이면 그 손이 정확하게 그녀의 가슴에 닿았다.

물컹!

"허, 허억!"

"……."

"저, 저기, 그, 그러니까……."

얼굴이 새빨개진 그녀는 고개를 푹 숙여버렸고, 화수는 안절부절못하며 엉덩이를 들었다 놓았다를 반복하였다.

'젠장, 젠장! 저 개자식은 왜 갑자기 튀어나와 가지고…! 쫓아가서 주리를 틀어버릴까 보다!'

덕분에 분위기가 조금 미묘해져서 두 사람은 아무런 말도 없이 여행지까지 가야했다.

*   *   *

그날 저녁, 화수는 정신없이 바비큐 파티를 준비하고 있는 중이다.

화르르르륵!

직접 불을 피우고 구워먹을 고기와 해산물, 야채를 손질하느라 정신이 없었다.

날이 춥다고 들어가서 쉬라고 성희를 배려한 화수 덕분에 그녀는 간단히 싸온 짐을 정리하고 냉장고에 들어갈 음식들을 차곡차곡 쌓아두었다.

이번 여행은 2박 3일이니만큼 짐도 많고 먹을 것도 많으니, 그녀 역시 마냥 쉴 수만은 없었다.

가장 먼저 여행 가방을 열어 짐을 정리하던 그녀는 서랍에 옷을 넣고 마지막으로 속옷을 정리하였다.

그녀는 총 다섯 벌의 속옷을 챙겨왔다.

혹시나 하는 마음에 새로 산 속옷도 있고 가끔 목욕탕에 가면 친구들에게서 반응이 좋았던 것도 챙겼다.

'그나저나 화수 씨는 무슨 속옷을 좋아하려나?'

화수는 겉으론 아주 야성적이고 파워풀하며 빈틈이 없는 사람 같지만, 속은 한없이 부드럽고 자상하며 정이 많은 사람이라는 것을 그녀는 알고 있다.

그녀는 화수의 생년월일을 토대로 인터넷에서 점괘를 보았다.

…내유외강, 부드러운 카리스마를 지닌 그 남자, 내면에 감춰진 열정을 쏟아내기 위해선 여자의 적극적인 태도가 관건!

성희는 무릎을 쳤다.

"그래! 바로 이거야!"

그녀는 까만색 망사로 주요 부위만 간신히 가려진 T팬티와 브래지어로 즉시 갈아입었다.

속옷을 챙겨 입은 그녀는 인터넷에서 나와 있던 대로 몸매가 훤히 다 드러나는 편안한 원피스를 선택하였다.

아마 이 정도라면 아무리 외투를 입어도 몸매와 그 굴곡, 심지어 속옷까지 다 드러날 것이다.

성희는 인터넷에서 시키는 대로 입어놓고도 한참을 망설인다.

"허, 허억! 이렇게 야한 것을 어떻게… 화수 씨가 너무 노골적이라고 생각하지는 않을까?"

잘못하면 역효과가 나서 자신을 쉬운 여자라고 생각하면 어쩌나 고민한 그녀는 결국 친구의 도움을 받기로 한다.

─여보세요?

"지영 씨, 나야. 성희."

─어머, 선배가 이 시간엔 어쩐 일이에요? 둘이 여행간 것

아니었어요?

그녀는 아나운서 후배이자 연애 고수인 지영에게 자문을 구했다.

그러자, 그녀는 박수를 쳤다.

—짝짝짝! 좋아! 바로 그거에요!

"자, 잘하고 있는 거야?"

—물론이죠. 여행까지 따라왔는데 뭘 그렇게 소심하게 굴어요? 끌어당길 때엔 화끈하게, 밀어낼 때엔 미묘하게, 알죠?

"…이론은 쉽지."

—아무튼 오늘 너무 쉽게 허락하면 안 되는 것쯤은 알고 있죠?

"뭘?"

—이 언니가 정말… 이 정도 알려줬으면 초등학생도 알아듣겠어요. 아무튼 난 할 만큼 했어요. 무운을 빌게요!

"지, 지영 씨!"

뚜우, 뚜우—

그녀는 아리송한 힌트만 남기고 전화를 끊어버렸지만, 일단 옷으로 섹시함을 어필한다는 것은 좋은 푸쉬라는 것을 알아냈다.

"조, 좋아!"

그녀는 냉장고에서 적당히 마실 만한 음료와 술을 꺼내 들고 화수를 찾아갔다.

                    *   *   *

한창 불을 때고 고기와 해산물을 굽던 화수는 바로 옆에서
부식을 다듬고 있던 그녀를 바라본다.

"성희 씨, 거기 버섯 좀……."

"네, 여기요."

미처 그녀에게 신경을 못 쓰고 있다가 고개를 돌린 화수는
하마터면 비명을 지를 뻔했다.

'웁쓰! 울랄라……!'

아주 얇고 부드러운 질감의 원피스 트레이닝복을 입은 그
녀는 적당히 몸을 덥히기 위해 걸친 점퍼에도 불구하고 몸매
의 굴곡이 전부 다 드러나 있었다.

그리고 그 무엇보다도 원피스 밖으로 다 드러나는 팬티 선
은 가히 압권이라 할 만했다.

'…티, 티팬티?! 서, 성희 씨가 원래 저렇게 화끈한 스타일이
었나? 나는 미처 몰랐는데!'

만약 알래스카 한복판에 서 있었다면 기차 화통처럼 콧김
이 뿜어져 나올 뻔했다.

화수는 약간은 민망하면서도 그녀의 과감함에 어쩐지 흐뭇

함을 느꼈다.

'레비아탄과의 전투에서 죽지 않고 살아 돌아온 보람이 있
군… 하느님 감사합니다!'

아까부터 실실거리는 화수를 보고 그녀가 고개를 갸웃거린
다.

"으음? 무슨 재미있는 거리라도 있어요?"

"아, 아니요! 그냥 여행을 오니까 기분이 좋아서……."

"나도 그래요. 화수 씨와 여행을 오니 마구 기분이 좋아지
네요."

어느새 준비가 끝난 바비큐 그릴 앞에 선 화수는 두 사람
의 잔에 와인을 따랐다.

쪼르르르…….

화수는 그녀에게 한잔을 권했다.

"요즘 제가 바빠서 자주 못 마신 것 같아서 와인을 사왔어
요. 미안해요, 일전에 약속 펑크내서."

"으음, 괜찮아요. 화수 씨가 무슨 일을 하는 줄 뻔히 아는데
그걸 서운하게 생각하면 안 되죠. 그건 속 좁은 여자가 아니
라 아예 생각이 없는 여자죠."

"이해해 줘서 고마워요."

두 사람은 잔을 부딪쳤다.

팅!

꿀꺽!

"으음, 향이 좋네요!"

"용병 친구가 줬습니다. 그 친구가 와인 애호가이거든요. 제가 좋아하는 친구와 여행을 간다고 하니 이것을 선뜻 꺼내주더군요."

"좋아하는… 친구요?"

"레이시스라고, 제 오래된 친구가 있습니다. 프랑스에선 용병왕이라고 부르죠."

"네……."

화수는 고개를 갸웃거린다.

"왜, 왜 그러세요? 뭔가 불편한 것이라도?"

"…아니요, 괜찮아요."

그는 당혹스러움을 감추지 못했다.

'뭐, 뭐지? 뭐가 문제인 거지?! 분위기도 좋았는데?! 대화도 순조로웠는데?!'

한참 머리가 복잡해져 있던 화수는 분위기 전환을 위해서 미리 준비해 두었던 선물 상자를 꺼내 들었다.

"저, 성희 씨……?"

"네?"

"큰 것은 아닙니다만, 제가 목걸이 하나 골라봤습니다."

"어머나, 예쁘네요!"

"제가 매번 남자들 생일에 끼어 술만 퍼마시다보니 여자들은 어떻게 생일을 챙기는지 몰라서 그냥 탄생석을 샀습니다."

"피이… 그냥 여자요?"

"…네, 네?"

화수는 그녀의 말에 화들짝 놀랐지만, 적당한 기회가 왔다고 생각했다.

"좋아하는… 여자지요. 내 평생에 여자를 좋아해 본 적이 없어서 선물이라곤 아예 문외한이에요. 만약 마음에 들지 않더라도 그냥 받아주세요."

"…좋아하는 여자… 진심이죠?"

"물론입니다. 군인이 한 입으로 두말 하는 것 봤습니까? 저는 목에 칼이 들어와도……."

바로 그때, 성희의 입술이 화수의 입술을 와락 덮쳐 왔다.

"흡!"

그는 그 자리에서 딱딱하게 굳어 아무런 행동도 할 수 없었다.

'워워…….'

하지만 한 가지 확실한 것은 그의 손이 이미 그녀의 얼굴을 감싸고 있다는 점이었다.

두 사람은 천천히 키스를 나누다가 이내 눈을 떴다.

그녀는 화수를 바라보며 울먹이며 말했다.

"…내가 이런 행동을 했다고 헤픈 여자라거나 쉬운 여자라고……."

"난 그딴 거 몰라요. 그냥 당신이 좋을 뿐이지."

화수는 불가에서 약간 떨어져 그녀를 와락 안았다.

"어멋!"

"난 그런 것 따질 만큼 머리가 좋은 남자가 아닙니다."

그는 앞뒤 가리지 않고 저돌적으로 키스를 퍼부었고, 그녀는 점점 그에게 몸을 맡겨 나갔다.

$$*\qquad*\qquad*$$

다음 날, 성희는 여느 때보다 일찍 눈을 떴다.

타다다다닥……!

부엌에 선 성희는 익숙한 솜씨로 칼질을 하고 있었다.

오랜만에 솜씨를 발휘해서 화수에게 맛있는 아침을 해줘야겠다는 생각이 들었던 것이다.

지금까지 시집을 가라며 이리저리 볶이는 바람에 음식 솜씨는 점점 늘어갔지만 마땅히 해줄 사람이 없었다.

그래서 솜씨를 한구석에 처박아두었던 그녀이지만 그 솜씨를 발휘할 사람이 드디어 생긴 것이다.

"룰루, 랄라!"

콧노래까지 흥얼거리며 구첩반상을 준비한 그녀는 아직도 자고 있는 화수에게로 다가갔다.

복층으로 된 펜션의 2층 침실에서 잠을 잔 화수는 여전히 눈을 뜨지 못하고 있었다.

그녀는 앞치마를 벗고 조용히 그의 품으로 파고들었다.

"쿠울……."

성희는 가만히 화수의 얼굴을 바라보았다.

그러자, 자신도 모르게 웃음이 나왔다.

'훗, 왜 내가 흐뭇하지?'

간밤의 뜨거웠던, 또는 치열했던(?) 정사가 생각이 나는데 자꾸 미소가 피어올랐다. 아마 이래서 남자는 밤일만 잘해도 평생 밥 굶을 일은 없다고 하는 모양이다.

그녀는 밥을 해놓고도 그에게 뭔가 더 해주고 싶어서 머리를 굴렸다.

'오늘은 뭘 해줘야 하나? 평소에 안마도 해주고 싶었고 머리도 내가 잘라주고 싶었는데…….'

바로 그때, 화수의 팔이 그녀의 어깨를 감쌌다.

"으음……."

"어머!"

"…꼭두새벽부터 뭐 하는 거예요? 이런 날엔 늦잠 좀 자야지."

"그래도 밥은 먹어야 하니까……"

"후후, 그렇긴 하죠."

화수는 부스스한 얼굴로 눈을 떠서 그녀의 입술을 찾았다.

쪽!

"잘 잤어요?"

"네……"

"이리와요."

그녀는 기다렸다는 듯이 화수의 팔을 베고 누웠다.

화수는 그녀의 머리카락을 쓸어내리며 말했다.

"앞으로 내가 자주 없어질 지도 몰라요."

"알아요. 각오했어요."

"가끔은 부하들과의 술자리 때문에 귀가가 늦어질지도 몰라요."

"다 알고 있어요. 나도 좋아요, 야차 중대."

"더군다나 이젠 장성으로 진급해서 업무가 더 바쁠 겁니다."

"후후, 능력 좋은 애인 있는 여자는 원래 고달픈 법이죠."

그는 힘을 주어 그녀를 꼭 껴안았다.

"그래도 당신을 배신하거나 떠나는 일은 없을 겁니다. 절대로."

"…그 약속, 꼭 지킬 거죠?"

"물론이죠."

두 사람은 그대로 누워 한동안 일어나지 않았다.

*　　　　　*　　　　　*

며칠 후, 화수는 2박 3일의 여행을 마치고 대통령 한명희의 부름을 받았다.

그는 청와대 집무실로 들어가 한명희와의 면담을 가졌다.

척!

"충성!"

"그래요, 강대령. 여행은 즐거웠나요?"

"예, 그렇습니다."

"휴가 중에 미안하지만, 내가 할 말이 있어서 불렀습니다."

"괜찮습니다."

"우선, 이것을 전해드리고 싶어서 불렀습니다."

그는 화수에게 금색 별이 박힌 계급장을 건네주었다.

"축하합니다, 강화수 대령. 오늘부로 준장으로 진급했습니다."

"하, 하지만 자리가……."

"군부에서 장성급 장교의 정원을 늘렸습니다. 이것은 수렵 사령부를 위한 편제입니다. 아마 강화수 준장이 군에서 나가면 그 정원도 자연스럽게 정리가 되겠죠."

"그렇군요."

"군부와 국회가 전부 만장일치로 동의한 것이니, 앞으로 그들을 봐서라도 국가 발전에 이바지해 주시길 바랍니다."

"예, 알겠습니다!"

화수가 준장으로 진급하여 계급장을 받은 그 무렵, 집무실 문이 열렸다.

철컥!

그곳에는 말끔한 모습의 청년이 한 명 서 있었다.

그는 삐딱한 자세로 서서 한명희를 바라보며 말했다.

"아주 대단한 위인 납셨군. 이제는 나를 오라가라 명령까지 하고."

"……?"

화수는 고개를 갸웃거렸다.

"이봐요, 무례하군요."

"넌 또 뭐야?"

"대한민국 국군입니다. 청와대는 국군이 수호해야 할 중요 거점인 바, 이곳에서의 무례는 좀 삼가시지요."

"오호라, 이 자식이 그 강화수라는 자식이구나?"

"뭐요……?"

"반가워, 미스터 블레이드!"

그는 다짜고짜 안면에 주먹을 날렸다.

쉭!

화수는 화들짝 놀라며 그 주먹에 주먹으로 응수하였다.

쾅!

그러자, 이때부터 두 사람의 기 싸움이 시작되었다.

스스스스스……!

순간, 두 사람은 진기의 색을 보고 서로를 알아보았다.

"…천마?! 아니, 그의 후예인가?!"

"이제 보니 네놈, 거지 똘마니였던 모양이구나."

"이런 개새……?!"

주먹을 뗀 두 사람이 날카롭게 대립하였다.

강유는 화수에게 비무를 신청하였다.

"천마… 꿈에서도 잊을 수 없는 원수다. 네가 천마 본인이라는 것은 말도 안 되고, 아마 그 문하쯤 되겠지."

"후후, 말이 왜 안 되나? 네가 타구봉을 가지고 있는 것도 말이 되는데."

"…뭐라?"

"자세한 것은 합을 겨루면서 얘기해 주지. 어떤가?"

"좋지. 이봐, 한명희."

"뭐, 뭔가?"

"이놈은 내가 데리고 간다. 불만 없지?"

화수와 강유 두 사람이 모두 자신을 바라보자, 한명희는 고
개를 끄덕였다.

　"좋을 대로."

　순간, 두 사람은 청와대 창문을 통하여 쏜살같이 날아갔다.

　피융!

　한명희는 조금 심란한 표정을 지었다.

　"괜찮을지 모르겠군."

　과연 과거의 은원 관계가 어떻게 풀릴지, 그것은 온전히 두
사람의 손에 달려 있었다.

외전
개방의 전설
와룡 취선공

눈 덮인 설원 위를 거니는 사내가 있다.

휘이이잉……!

그는 넝마 쪼가리를 이어 붙여 만들어놓은 옷에 짚신 한 켤레 달랑 신고 넉 달이나 걸리는 대장정을 거쳐 이곳까지 왔다.

보통사람이라면 오를 엄두조차 내지 못할 이곳을 넝마 옷한 벌로 버티며 올랐다는 것이 놀라울 뿐이다.

그는 고개를 들어 산봉우리 끝에 있는 동굴을 바라보았다.

동굴 입구 위에 달린 옥색 반석에는 '취팔선권의 창시자 소회자의 묘소'라는 글귀가 적혀 있었다.

동굴의 입구를 바라보는 사내의 표정에 회한이 가득하다.

"…200년 만이군."

그의 이름은 강유, 자는 와룡, 호는 취선공이다.

흔히 개방의 고수라 함은 제1대 방주이자 일대종사인 홍칠공이 제일로 손꼽히고, 그 다음이 취팔선 소회자이다.

그리고 그다음 가장 뛰어난 후기지수로 손꼽히는 사람이 바로 취선공 와룡이다. 이제 개방의 권법 고수라 하면 십중팔구 취선공을 손꼽을 정도로 그 명성이 자자하였다.

취선공은 강유가 120세 때쯤 붙여진 호인데, 이 호는 사부 취팔선 소회자가 붙여준 것이었다.

늘 술에 취해 있지만 신선처럼 어진 사람이 되라는 뜻에서 지어준 호인데, 이 때문에 강유는 무림 최고의 술주정뱅이로 통하고 있었다.

뿌드득, 뿌드득…….

그는 이제 대설산 꼭대기의 혜탄굴에 이르렀다.

혜탄굴은 소회자가 취팔선의 오의를 창시하고 직속 제자인 강유를 키워낸 동굴이다. 지금은 그저 구전으로만 전해져 내려오는 전설 속의 동굴이지만 강유에겐 추억 속의 소중한 장소이다.

강유는 원래 중원 땅에서 태어난 사람이 아니라 1,000년 후 대한민국에서 태어난 재벌 3세였다.

최연소 사법 고시 합격으로 주목을 받았고 그 이후엔 최연소 검사 임용, 36세엔 비례대표로서 정치계에까지 입문하였다.

재벌 3세로 아주 귀하게 자라나 고등학교를 졸업하자마자 사법 고시에 합격하여 탄탄대로를 걸었으니, 그에겐 무서울 것이 하나도 없었다.

하지만 인명재천이라고 하였던가?

평생을 안하무인으로 살아왔던 그에겐 적이 너무나도 많았다.

강유는 누군가의 사주로 인해 사고사 위장 살해를 당했는데, 도대체 누가 배후인지 가늠을 할 수 없었다.

적이 너무 많아 피아 식별이 불분명할 지경이었던 것이다.

정치인, 검사, 판사, 경찰, 연예인, 언론인, 군인, 사기꾼, 건달, 살인자, 꽃뱀 등, 미처 다 손에 꼽지도 못할 정도였다.

누군가에게 뒤통수를 맞아 황천의 문턱까지 다녀왔던 강유는 엉뚱하게도 저승이 아닌 천 년 전 중국에서 다시 눈을 떴다.

그는 중국에서 눈을 뜨자마자 고생길이 훤할 것임을 직감했다.

대한민국에서야 잘 나가는 검사 출신 정치인에 재벌 3세였지만 천 년 전 중국에서도 그게 먹힐 턱이 없었던 것이다.

어쩔 수 없이 10년 넘게 거지 생활로 연명하던 강유는 거의 초주검이 다 되어 대설산 산비탈 아래까지 흘러왔는데, 소회자는 그런 그를 발견하고 자신의 제자로 거두어주었다.

소회자는 안하무인에 성질까지 더러운 강유를 제자로 거두어 그를 먹이고 가르치며 사람으로 만들어주었다.

사람이 되는 과정은 상당히 고통스러웠으나 그 열매는 너무나도 달았다.

강유는 지금까지 250년을 넘게 살아왔는데, 그 긴 시간을 모두 통틀어 사람으로 거듭났던 그 세월이 가장 행복했다.

정정하던 소회자가 숨을 거두던 날, 강유는 3년 동안 하루도 빼놓지 않고 눈물을 흘렸었다.

이제 강유에게 소회자는 부모 이상의 존재였던 것이다.

그는 사부의 유품이자 개방의 신물인 타구봉을 동굴 안쪽에 있는 재단이 올려놓았다.

"…사부님, 제자가 문안 인사 여쭙습니다."

넙죽 엎드려 두 번 절을 한 강유는 재단 위에 놓인 놋그릇에 술을 따랐다.

쪼르르르르르…….

일대종사의 유품인 칠공호로에서 술을 따라 사부의 영전에 바친 강유는 잠깐 눈물을 지었다.

"……."

250살이 되든 2500살이 되든 사부의 부고는 가슴속 응어리로 남아 있었다.

그는 눈물을 훔치며 자리에서 일어섰다.

"사부님, 이제 제가 제자를 거두어 방주로 세울 수 있을 정도로 키워놓았습니다. 이만하면 잘했지요?"

개방은 강유 이후로 걸출한 인물을 배출하지 못하고 있었는데, 최근에 그의 문하에서 드디어 괜찮은 거지 한 명이 탄생하였다.

무려 200년 동안 방주 노릇을 했던 강유는 이제야 방주의 위에서 내려올 수 있게 되었다.

제자가 현경의 경지에 올라 개방을 이끌 수 있게 되었으니 이제 그는 자신의 할 일을 다 한 셈이다.

"다 끝이다. 나도 이젠 좀 쉬자……."

그는 발걸음도 가볍게 소회자의 무덤에서 걸어 나왔다.

꿀꺽, 꿀꺽!

"크흐, 술맛 좋고!"

술을 한 잔 걸치니 세상 번뇌가 모두 씻겨 내려가는 것 같았다.

이제 그는 총타에 타구봉과 칠공호로를 전해주고 초야를 전전하면서 방랑 생활을 할 생각이다.

그에겐 이제 명예도 돈도 다 소용이 없어졌다.

오로지 자유와 풍류, 이 두 가지만이 그의 인생을 지탱해 주는 힘이 되고 있었던 것이다.

"가자 발길이 닿는 대로……."

걸어서 다시 대설산을 내려가던 강유는 순간, 가슴이 뜨끔하고 내려앉았다.

두근……!

"허, 허억!"

피가 역류하고 심장이 부서질 듯이 아파왔다.

이론상으론 심결에 이르면 생로병사를 초월한다고 하지만 그것은 어디까지나 이론에 불과하다.

지금까지 심결에 이른 사람은 아무도 없기 때문이다.

그는 설마하니 자신이 심장이 잘못되어 죽을 것이라곤 전혀 상상조차 하지 못했다.

강유는 점점 흐려지는 정신을 애써 다잡았다.

'사부님……!'

하지만 결국 그는 정신을 다잡지 못하고 눈부신 설원 위에 몸을 눕히고 말았다.

털썩.

그는 뿌옇게 물드는 시선으로 하늘을 바라보았다.

강유는 실소를 흘렸다.

'하늘… 하늘이 이렇게 아름다웠던가?'

지금까지 너무 바쁘게 살아와서 하늘이 아름답다는 생각은 해본 적이 없었다.

이제 곧 죽을 강유의 눈에 비친 하늘은 그 어느 때보다 맑고 투명했다.

그는 이제 죽어도 여한이 없다고 생각했다.

"…사부님, 제자가 갑니다……."

강유는 결국 숨을 거두고 말았다.

*   *   *

대한민국 초일류 기업 집단 광명그룹에서 긴급 이사회가 열렸다.

웅성, 웅성…….

오늘은 이사회에서 광명그룹의 차기회장을 선출하는 표결이 열리기로 한 날이다.

광명그룹의 현 실세는 부회장인 최필준이지만 1대 회장 최공일의 직계 혈통인 최강제가 새로운 대권 주자로 나섰기 때문에 표결은 어떻게 될지 아무도 장담할 수 없었다.

두 사람의 지분은 엇비슷하지만 출신 성분이 다르고 실권을 오래 잡았던 기간이 달라서 이번 표결이 빅매치가 될 수밖에 없었다.

하지만 변수가 하나 있다면, 최강제의 외가가 대대로 정치 명문에다가 외숙이 검찰총장을 역임하고 있다는 점이다.

톡톡······.

사회자는 이사들의 웅성거림을 단 한 번에 정리하였다.

—자, 그럼 지금부터 광명그룹 이사회를 시작하겠습니다.
이사님들께서는 모두 자리에 착석해 주시기 바랍니다.

하나둘 자리에 앉은 이사들에게 사회자이자 임시이사회장
인 광명그룹 경영총괄이사 김형태가 정식으로 표결이 시작되
었음을 알렸다.

—금일의 안건은 현재 공석으로 남겨져 있는 광명그룹 이사
회장 선임에 대한 것입니다. 입후보 한 사람은 최필준 부회장
님, 그리고 최강제 이사입니다.

광명그룹은 원래 최공일 명예 회장의 아들 최필규가 회장직
을 수행하고 있었는데, 그는 무려 10년 동안 와병 생활을 하
다가 유언장도 남기지 않은 채 급사하고 말았다.

만약 수순대로라면 최필규의 아들 최강유가 지분을 인계받
아 회장직에 오르는 것이 마땅하나, 현재 최강유는 10년째 행
방불명인 상태였다.

이미 최강유의 장례는 10년 전에 끝났으니 그 지분은 동생
인 최강제가 가지고 가는 있는 것이 마땅하나, 지금 그룹의
지분은 거의 중구난방으로 흩어져 있는 상태였다.

오랫동안 와병 생활을 했던 최필규는 숨도 제대로 쉬지 못
하는 상태였기 때문에 경영권을 제대로 방어할 수가 없었다.

만에 하나 장남 강유가 살아 있었다면 얘기는 달랐을 것이다.

외숙의 직속 라인을 타고 대검찰청 중수부 에이스로 활동하다가 정치계까지 입문한 강유가 그를 가만히 둘 리가 없었기 때문이다.

그러나 강유는 어린 동생을 놓아두고 행방불명이 되어버렸고 식물인간이 되어버린 아버지를 대신할 수가 없었다.

그나마 최필규의 처가가 끝까지 버티고 있었기에 망정이지, 그렇지 않았다면 진즉에 회장직이 바뀌었을 것이다.

최필준은 자리에서 일어나 고개를 숙였다.

"여러 이사님들께서 이렇게 직접 자리를 해주시니, 뭐라 감사의 말씀을 드려야할지 모르겠군요."

젠틀하고 매너와 위트가 넘치는 최필준이야말로 최고의 총수감으로 거론되지만, 최강제는 그와 정반대였다.

"저 꼰대 새끼가 지금 뭐라고 지껄이는 거람?"

"……"

"어이, 대머리 아저씨들. 이사회고 지랄 나발이고 다 지겨우니까 적당히 하고 접읍시다. 어차피 저 꼰대 새끼가 회장직에 오를 리는 없잖아? 안 그래요?"

나이 24세에 수백억대 사유재산을 보유한 재벌 3세 최강제는 성격이 제멋대로에 입이 걸걸해서 재계의 대표적인 개망나니로 통한다.

기업의 부회장이기도 하지만 최강제의 배 다른 삼촌이기도
한 최필준이 그에게 일침을 가했다.

　"…강제야, 선배님들 앞에서 그게 무슨 말 버릇이냐?"

　"사생아 주제에 나에게 훈계를? 허 참, 세상이 아주 거꾸로
돌아가고 있군. 이봐, 사생아 양반. 당신, 조선시대 같으면 뺨
따귀 한 대 후려 맞았을 거야. 감히 어느 안전이라고?"

　최필준을 지지하는 이사들은 거침이 없는 최강제의 망발에
혀를 찼다.

　"쯧! 저, 저, 말본새 좀 보게! 제 형을 닮아서 아주 싹수가
노랗군 그래!"

　"그나마 강유는 좀 나았지. 싸가지는 없어도 개념은 있었잖
아?"

　"참, 회장님께선 저런 망나니가 뭐가 예쁘다고……."

　그에 반해 아직까지 회장편에 서 있던 사람들은 강제를 지
지하였다.

　"뭘, 구구절절 옳은 소리만 하는구면. 솔직히 회장님 저렇
게 되시고 나서 회사 지분 뒤꽁무니로 빼돌려 팔아먹은 것을
대한민국이 다 아는데, 그럼 숙부 대접을 해드려야 할까요? 그
것도 전대 회장님 사생아를?"

　"맞습니다. 분수도 모르고 회장직 한 번 올라보겠다고 이복
형 죽이고 조카까지 죽였으니, 그게 어떻게 사람이라고 할 수

있습니까?"

"…뭐, 뭣이?!"

정확히 반반, 절반으로 갈라져 있던 이사진들이 급기야 멱살잡이까지 하는 상황이 벌어졌다.

퍼억!

"어, 어어?! 지금 발로 의자 찼어?!"

"그래, 찼다! 뭐 어쩔래?!"

"이런 호로 새끼를 보았나?! 회장님이 네놈에게 어떻게 했는데?!"

"흥! 그 알량한 자존심 세워가며 이사진들 개무시한 사람이 누구인데 그딴 소리를 하나?!"

"뭐라?!"

이사회를 열었더니 드잡이에 주먹질까지 해대는 판국에 더이상 표결은 불가능할 것으로 보였다.

김형태 총괄이사는 마이크 앞에 핸드폰을 가져다댔다.

끼이이이이이익!

"으으윽!"

"그만들 하시게. 나잇살 먹고 이게 지금 뭐 하는 짓거리인가? 돌아가신 회장님 보기에 부끄럽지도 않은가?"

"험험, 죄송합니다."

김형태는 올해로 팔순이 훌쩍 넘었지만 이런 사태가 종종 벌어져 경영총괄이사에서 내려오지도 못하고 있었다.

그는 깊은 한숨을 내쉬었다.

"휴우, 이것 참… 아무튼 이번 이사회는 다음으로 미루고 곧 있을 정기이사회에서 다시 얘기하기로 하지."

"예, 총괄이사님."

김형태가 비서실장의 부축을 받아 회의장을 떠나자, 이사진들은 양쪽 문을 통하여 두 갈래로 갈라져 그 뒤를 따랐다.

그들의 앞선에 선 두 후보가 서로를 노려보았다.

"여전하구나. 그 형의 그 동생이라더니, 아주 못된 것만 골라서 배웠구나."

"…어디서 고인 드립을? 아저씨, 다시 한 번 형 얘기 꺼냈다간 아가리 다 털어줄 줄 알아. 알겠어?"

"후후, 나중에 네 지분 다 털려도 그런 소리 나오자 한번 보자구나."

"흥! 마음대로!"

최강제가 그대로 돌아서는데, 불현듯 그가 웃으며 말했다.

"하하! 맞아, 내가 깜빡하고 말 안 한 것이 있네? 아저씨, 아저씨 마누라가 이번에 딸내미 학점 깎았다고 교수 따귀를 후려갈겼다면서? 이것 참, 인터넷이 좀 뜨거워지겠어?"

"……."

"우리 외삼촌이 이걸 보고 가만히 있을까?"

"협박이냐?"

"뭐, 마음대로 생각해. 난 그럼 이만……."

서로 한 방씩 주고받은 두 사람은 갈 길을 따라서 발을 돌렸다.

*   *   *

대검찰청 검찰총장 집무실 안, 수척한 중년의 여인이 임호산 검찰총장 앞에 앉아 있다.

그녀는 떨리는 손으로 찻잔을 잡았다.

털털털……

임호산은 씁쓸한 표정으로 여동생 임호연을 바라보았다.

"많이 힘드냐?"

"…그럼 내가 멀쩡하겠어? 아들에 남편까지 모두 다 저세상으로 떠났는데."

"미안하구나."

임호연은 거칠게 찻잔을 쿵 내려놓았다.

쨍그랑!

비록 잔이 깨지지는 않았지만 듣는 사람의 신경이 곤두서는 소리가 났다.

"……."

"큰오빠, 정말 이렇게 가만히 있을 거야? 강유가 죽었을 때에도 그렇게 수수방관하더니, 이젠 최서방이 죽어도 눈 하나 깜짝 안 해? 그러고도 오빠가 사람이야?"

"몇 번을 말해야 알아들어? 증거가 있어야 그놈을 잡아서 처넣든 말든 하지."

"그럼 억지로라도 만들어. 그것도 못 해줘?"

"…억지로 만들었다가 역풍을 맞으면? 아버지도 안 계신 마당에 그걸 수습할 수 있을 것 같아?"

그녀는 고개를 푹 숙인 채 흐느꼈다.

"젠장! 그럼 어쩌라고?! 이대로 가만히 두고만 보고 있으라고?!"

"…별수 없어. 그렇다고 지금 놈을 쳤다간 그룹 전체가 흔들려서 계열사들이 떨어져 나갈 거야. 강제에게 제대로 된 회장 자리를 물려주어야 할 것 아니야?"

"후우……."

임호연은 장남 강유를 대검찰청 중앙수사부의 에이스로 만들기 위해 당시 차장검사였던 임호산의 힘을 꽤 많이 빌렸었다.

그때 임호산이 힘을 쓰고 다니는 바람에 자칫 좌천할 뻔도 했으나, 구사일생으로 살아나 지금의 자리까지 올 수 있었다.

그나마 임씨 일가의 수장인 국회의원 임치순이 힘을 쓰지 못했더라면 임호산이 살아남는 일은 없었을지도 모른다.

그러나 단단한 자금줄이자 스폰서였던 최씨 일가가 절반쯤 적으로 돌아서자, 이제는 그 동아줄마저 끊어지려 하고 있었다.

"이제는 아버지가 안 계시니 신중하게 움직여야 한다. 그나마 강유가 살아 있었다면 아버지의 뒤를 이어 꽤 큰 인물이 되었을 텐데……."

"…왜 갑자기 죽은 아이 얘기는 꺼내? 가슴 아프게."

"아무튼 조심하자. 뾰족한 수가 나올 때까지는 그저 가만히 있는 수밖에 없어. 알지?"

"휴우……."

답답함을 토로하자, 조금은 나아진 표정의 임호연이 자리에서 일어섰다.

"그럼 나는 이만 가볼게."

"그래, 조심히……."

바로 그때, 대검찰청 건물이 흔들리기 시작했다.

쿠그그그그그!

"어, 어어……?"

"오빠?!"

잠시 후, 검찰청장 실에 사이렌이 울렸다.

위이이이이잉!

[비상사태입니다! 모두 지하 방공소로 대피하시기 바랍니다! 다시 한 번 말씀드립니다…….]

임호산은 동생 임호연의 손을 잡았다.

"가자!"

"비, 비서들이……."

"그럴 시간 없어! 당장 대검찰청 지하실로 가자!"

"아, 알겠어!"

임호산이 문을 열고 나서자, 그 곁으로 경호원들이 따라붙었다.

"청장님! 저희들이 모시겠습니다!"

"가지! 특히나 내 동생을 잘 보호하게!"

"예!"

경호원들의 호위를 받으며 두 남매가 지하 방공소로 향했다.

＊   ＊   ＊

밝은 빛이 강유의 몸을 감싼다.

우우우웅……!

그의 몸을 감쌌던 빛이 점차 사그라지자, 그의 눈가에 희미했던 주변의 풍경이 보였다.

순간, 화들짝 놀란 강유가 정신을 바짝 차렸다.

"허, 허억! 이게 뭐야?!"

지금 그의 몸은 하늘을 부유하고 있었는데, 아무래도 꽤 높은 곳에서부터 추락하고 있는 모양이었다.

강유는 이대로라면 자신이 딱 죽겠다 싶었다.

"제기랄, 여기서 죽을 수는 없지!"

그는 허공답보를 통하여 떨어져 내리는 자신의 반동을 최소화하였다.

파바바밧!

제법 안정적으로 저고도까지 내려온 강유는 서서히 내공을 분산시켜 바닥에 착지하였다.

그런데 막상 착지를 해보니 이곳이 사람이 사는 곳이 맞나 싶었다.

"꺄아아아아악!"

"사람 살려!"

아비규환, 그야말로 골육상잔이 이어지고 있는 이곳은 마치 잔혹한 지옥도를 보는 것 같은 착각이 들게 만들었다.

강유는 저 위에 날아다니는 저 익룡같이 생긴 드래곤이 원흉이라는 것을 간파해 냈다.

"뭐가 어떻게 된 것인지는 잘 모르겠다. 하지만 사람은 살리고 봐야겠어."

그의 손끝에 진기가 맺히더니 그것이 이내 한 줄기 금빛으로 변하였다.

"허업!"

피융!

그 빛줄기는 용의 심장을 관통하였다.

스스스스스, 팟!

퍼억!

끄아아아아앙!

용은 몸부림을 치며 서서히 아래로 떨어져 내리기 시작하였다.

강유는 놈과 함께 떨어져 내렸다.

쿠웅!

"놈, 맛이 어떠냐?"

한 대 얻어맞기는 했지만 여전히 그 성질은 어디 안 가는 모양이었다.

크아아아앙!

화르르르륵!

놈이 미친 듯이 반항하며 불을 내뿜었다.

하지만 강유의 몸에 화상을 입힐 정도로 강력하지는 않았기에 그는 그저 호신강기로 그것을 무력화시켰다.

티디디디디딩!

……?!

붉은색 용은 적지 않게 당황한 것 같았다.

강유는 실소를 흘렸다.

"하하, 이놈! 어디서 난리를 피우는 것이냐?!"

바로 그때, 강유의 사자후가 터지면서 용이 살짝 기절하고 말았다.

쾅!

크헤엑……

강유는 이대로 놈을 내버려 두면 또 무슨 짓을 벌일지 모른다고 생각했다.

"그래, 오늘 아주 제대로 장을 치러보자꾸나."

그는 개방의 신물은 타구봉을 거대한 전봇대처럼 만들어 그것으로 용을 마구 두들겨 패기 시작했다.

퍼버버버버벅!

크앙, 크앙……!

정신없이 두들겨 맞던 용이 이제 거의 초주검이 될쯤, 강유는 끝을 맺기로 했다.

배가 고파졌기 때문이다.

꼬르르르륵!

"더 두들겨 패주고 싶지만 어쩔 수가 없군. 거지가 배가 고프면 안 되지."

그는 용을 향해 일장을 뻗었다.

우우우웅!

"강룡유희!"

강유가 손을 펼쳐 장을 치자, 거대한 황색 용이 앞으로 뻗어나가며 뇌전을 뿜어냈다.

츠츠츠츠츠!

콰광!

단 일격에 목숨을 잃은 용이 쭉 뻗어 있는 것까지 확인한 강유는 술을 한 모금 넘겼다.

꿀꺽!

"크흐, 좋다!"

그는 칠공호로의 마르지 않는 술을 퍼마시며 자리를 떠났다.

*　　　　*　　　　*

10년, 강유는 자신이 없었던 이 세상이 많이 변했다는 것을 절감하였다.

"격세지감이로고……."

서울역에서 하루 종일 노숙하면서 생각을 해보니 자신이 시공간을 뛰어넘은 것이 어쩌면 잘된 일이라고 생각했다.

그렇지 않았다면 아직도 그는 싸가지가 바가지로 없는 부잣집 도련님으로 남아 있을 것이기 때문이다.

그는 이제 일어나 고향집을 찾아가 보기로 한다.

술병을 옆구리에 낀 강유는 슬렁슬렁 걸어 강남 논현동으로 향했다.

꿀꺽, 꿀꺽!

"크흐, 취한다!"

여전히 부의 상징으로 통하는 강남 한복판에 나타난 거지꼴의 강유는 사람들의 시선을 끌기에 충분했다.

하지만 그렇다고 해서 얼굴이 붉어진다거나 자존심이 상할 강유가 아니었다. 그는 사람이 상상하는 그 이상의 모멸감을 지금껏 실컷 느껴왔기 때문에 눈총 조금 받는다고 해서 자괴감에 빠질 사람이 아니었던 것이다.

논현역을 지나 초호화 주택가로 들어가면 이 동네에서 가장 큰 한옥 저택이 우뚝 솟아 있다. 무려 150년 전통을 자랑하는 이 저택은 부의 상징임과 동시에 권력의 중심지라고 볼 수 있었다.

강유는 이곳에서 나고 자라 37년을 살아갔었다.

"감회가 새롭군."

이제는 기억이 흐려져 생각조차 나질 않지만 어머니와 아버지의 얼굴은 또렷하게 기억하고 있었다.

냉혈한이었던 아버지와 돈이라면 사족을 못 쓰는 어머니 사이에서 태어난 그는 가족에 대한 애착이라곤 눈곱만큼도 없었다.

그럼에도 불구하고 강유가 이곳을 찾은 이유는 최소한의 도리를 다하기 위해서였다.

살아생전에 살갑게 지낸 기억이 전혀 없는 아버지이지만 그 장례식에서 상주 노릇을 못 한 것이 못내 마음에 걸렸던 강유다.

다른 것은 몰라도 아버지 영전에 술 한 잔 올리는 것이 도리다 싶어 이곳까지 걸음을 한 것이었다.

그는 CCTV가 설치되지 않은 곳을 찾아 담장을 뛰어넘었다.

파밧!

만약 CCTV가 있다고 해도 그의 보법을 따라갈 수는 없겠지만, 그래도 분란을 만들고 싶은 마음이 없어서 사각지대를 이용한 것이다.

잠시 후, 그가 저택 뒤편 작은 별채로 날아들었다.

이곳은 집 안에서 일하는 가정부들이 기거하는 곳인데, 강유가 어렸을 때부터 봐왔던 집사도 함께 기거하고 있었다.

"여전히 집사가 살아 있을지 의문이네. 참 좋은 사람이었는데."

집사는 젊어서 이 집안 시종으로 들어왔다가 일흔이 넘도록 저택을 지킨 충성스러운 사람이었다.

사리 분별이 정확하고 지혜로워서 역대 회장들의 총애를 받았지만 워낙 싸가지가 없는 집안사람들 때문에 고생이 이만저만 아니었다.

물론, 그 싸가지 없는 사람 중에는 강유도 끼어 있었다.

강유는 집사가 머물던 별채의 안뜰로 들어가면서도 가슴 한편으론 미안함을 느끼고 있었다.

"일흔이 넘은 노인에게 하대를 하고 윽박이나 질러댔으니, 내가 미친놈이지. 만약 내가 집사라면 꿈에서도 마주치고 싶지 않을 거야. 암, 그렇고말고."

지금쯤이면 오늘내일하고 있을 텐데, 만약 이곳에 남아 있다고 해도 강유를 보고 기절하지 않을까 걱정도 되었다.

하지만 아버지가 어디에 안장되었는지 알아보자면 이 방법밖에는 없었다.

끼익.

"어르신……?"

나이로 따지면 강유가 한참은 위이지만 지구에선 그의 나이 자체가 소용이 없었다.

자연스레 존대가 나온 강유는 아주 정중하게 그를 불렀다.

그러자, 방 안쪽에서 책을 읽고 있던 노인이 문틈 사이로 고개를 스윽 내밀었다.

"…누구십니까?"

백발이 무성한 집사의 얼굴엔 어느새 검버섯과 깊은 주름이 자리 잡고 있었다.

강유는 그의 얼굴을 바라보며 새삼 세월의 무성함을 느꼈다.

'그래, 10년이라는 시간이면 강산도 변하긴 하지.'

그는 집사에게 꾸벅 고개를 숙였다.

"그동안 강녕하셨습니까?"

"누구……?"

"저 모르시겠습니까?"

가만히 강유를 바라보던 집사의 눈동자가 점점 커지기 시작한다.

"어, 어어……?"

"접니다. 강유."

"도련님?!"

"집사 어른, 잘 지내셨죠?"

"아이고, 아이고! 도련님, 진짜 도련님이 맞네요!"

집사는 강유의 손을 잡고 대성통곡을 하기 시작하였다.

"흑흑, 회장님께서 돌아가시기 전까지 도련님을 얼마나 찾으셨는지 아십니까?! 아이고, 도련님!"

"아버지께서요……?"

"예, 도련님!"

강유는 냉혈한 아버지가 자신을 찾았다는 것이 믿기지 않았다.

"아버지께서 생전 안 하던 짓을……."

"돌아가실 때가 되어서 그랬겠지요. 하지만 도련님, 원래 그 어떤 누구라도 항상 자식이 눈에 밟히는 법입니다. 사람은 모두가 그래요."

"그렇군요……."

강유는 집사에게 아버지 묘소의 위치에 대해 물었다.

"아버지는 지금 어디에 계십니까?"

"공식적으로는 기흥에 계십니다만, 실은 제가 다른 곳으로 모셨습니다."

"다른 곳이요?"

"자세히 말씀드리긴 힘들고, 일단 함께 가시지요."

"그렇다면……."

두 사람이 저택을 나서려는데 경찰차 행렬이 집 근처를 에워쌌다.

—우리가 왜 이곳까지 온 것인지 잘 알 겁니다! 순순히 나오시지요!

"……?"

강유는 자신을 따라 경찰이 이곳까지 왔음을 깨달았다.

'그래, 어쩐지 어제부터 계속 그림자가 따라붙는다 싶더니 이런 일이 벌어지고 말았군.'

그때 제거를 하지 않았던 것이 화근이었으나, 쓸데없이 사람이 죽는 것은 딱 질색인 강유였다.

그는 집사를 잠시 이곳에 두고 그들의 부름에 응하기로 했다.

"어르신, 잠시 이곳에 계세요. 다녀와야 할 것 같습니다."

"하, 하지만……."

"금방 끝납니다."

이윽고 그는 저택 밖으로 신형을 날렸다.

＊　　　＊　　　＊

검찰총장 임호산의 집무실 안.

타다다다닥…….

오래된 타자기로 보고서를 작성하고 있던 임호산의 전화기가 울린다.

지이이잉!

김경민 기자

아주 오래전부터 알고 지낸 김경민은 대한민국 굴지의 신문사 태석일보의 편집장을 지낸 적이 있다.

지금은 자유롭게 이곳저곳 떠돌아다니면서 정보를 사고파는 장사꾼으로 전락했으나, 한때는 열정이 넘치는 저널리스트였다.

"오랜만이군, 김경민 기자."

—잘 지냈나?

"자네가 이 시간엔 어쩐 일이야? 지금쯤이면 술판을 벌이고 있어야 하는 것 아니야?"

―원래는 그렇지. 하지만 지금 그럴 시국이 아니잖아?

"유흥가도 시국을 따져?"

―술집은 시국을 안 따져도 나는 따져야지. 나에겐 지금이 성수기잖아?

"하긴."

김경민은 임호산에게 대뜸 돈 얘기부터 꺼낸다.

―임총장, 요즘 주머니 사정이 어떠신가?

"갑자기 돈 얘기는 왜? 자네에게 빚을 진 기억은 없는 것 같은데 말이야."

―그래, 물론 그렇지. 지금까지는 말이야.

"……?"

―임총장이 애지중지 키우던 조카, 살아 있다면 어떻게 할래?

순간, 임호산의 눈이 번쩍 뜨인다.

"뭐, 뭐라?! 내 조카가 살아 있다고?!"

―쉿, 누가 듣겠어. 조용히 말해주겠나?

임호산은 차분하게 목소리를 가라앉혔다.

"…그래. 다시 말해보게. 뭐가 어쨌다고?"

―당신의 조카 최강유가 살아 있다고. 그것도 아주 제법 거물이 된 채로 말이야.

"그, 그렇다면 지금 그 아이는 어디에 있나?"

―으음, 서두를 것 없어. 지금 그는 대통령과 엮여 아주 중

요한 일을 처리하는 중이거든. 지금 당장 만나고 싶다고 만날
수 있는 사람이 아니라는 소리지.

"그래서, 지금 뭘 어쩌자는 건데?"

—나에게 돈 조금 찔러주면 내가 조카를 자네의 앞에 데려
다주지.

"그게 조건인가?"

—만약 그것도 아니면 나도 정보를 주기는 어렵고.

임호산은 볼펜을 꺼내 들었다.

"계좌 불러."

—금액이 좀 큰데?

"얼마면 되나?"

—5억쯤······.

"알겠으니 불러. 대신, 나를 가지고 장난을 친 것이라면 아
주 3대까지 족쳐줄 줄 알아."

—여부가 있나?

임호산은 그의 계좌번호를 받아 적은 후에 곧바로 본가에
전화를 걸었다.

"나다. 이 계좌로 5억만 입금해."

—예, 알겠습니다.

통화로 입금을 지시한 임호산이 김경민에게 말했다.

"끝냈다."

—오케이, 그럼 딱 이틀만 기다려. 내가 조카를 데리고 검찰청으로 갈게.

"믿는다."

—물론이지.

임호산은 조금 심란한 표정으로 다시 보고서를 작성하기 시작한다.

*　　　*　　　*

늦은 밤, 청와대 대통령 집무실에 불이 켜져 있다.

꿀꺽, 꿀꺽!

어지간해선 홀로 술을 마시지 않는 한명희이지만 오늘은 벌써 소주를 네 병이나 연거푸 마셨다.

"후우……."

안주도 없이 홀로 소주를 마시고 있던 그에게 청와대 조리실장이 맑은 대구탕과 팔보채를 가지고 나왔다.

"각하, 그러다가 속 버리십니다."

"고맙군요. 내 생각해 주는 사람은 역시 실장님밖에 없어요."

"별말씀을요."

한명희는 조리실장 배우열에게 잔을 건넸다.

"실장님도 한잔 하시죠."

"그럼 그럴까요?"

현직 대통령의 술은 어주라고 표현하기도 하지만 그건 어디까지나 구시대적 발상이다.

한명희는 이따금 대학생들이나 재야인사들과 술자리를 갖곤 했었다. 배우열은 얼마 전에 한명희의 지시로 가졌던 대한대학교 학생들과의 소주 파티를 상기해 냈다.

"대학생들과 술자리를 함께했을 때가 기억납니다. 다들 아주 고주망태가 되어서 집에 돌아갔지요. 그때의 술값이 얼마나 나왔는지 아십니까?"

"덕분에 제 주머니가 아주 탈탈 털렸지요."

"하하, 그래도 그 덕에 지지율이 올라갔었습니다."

"뭐, 꼭 그것 때문에 마신 것은 아니지만 나름대로 건진 것이 많았던 술자리였던 것으로 기억합니다."

배우열은 심란한 표정의 한명희에게 말했다.

"무슨 일이 있는 것인지는 잘 모르겠습니다만, 지금까지의 소신만 잘 지키신다면 분명 역사에 길이 남을 대통령이 되실 수 있을 겁니다."

"후후, 그럴 수 있을까요?"

"각하는 그만한 능력과 인품을 갖추고 있습니다. 사람들은 과거와 현재가 너무 다른 사람이라고 손가락질을 하고 있지만, 아는 사람은 다 압니다. 각하께서 왜 그러셨는지 말입니다."

한명희 하면 떠오르는 별명이 몇 가지 있는데, 그중에 하나가 바로 '대통령 망나니'였다.

그동안 두 번의 탄핵에 앞장섰었던 한명희는 지목하는 사람마다 족족 목이 달아나 초야로 쫓겨나도록 만들었다.

물론, 그들은 모두 대통령의 자격이 없는 사람들이었지만 호사가들의 가십거리를 만들기엔 충분했다.

한명희는 지금까지 단 한 번도 그 일을 후회한 적이 없었지만, 지금은 어쩐지 그때의 처사가 잘못되었던 것인가 싶었다.

"나 때문에 사람이 죽은 적이 있습니다. 아니, 죽은 줄 알았지요. 하지만 그가 멀쩡히 살아 있더군요."

"……."

"그 사람의 앞에 무릎을 꿇으며 애원했습니다. 도와달라고 말이죠."

"혹시 그 사람이 바로 그 거지라는 초인입니까?"

"네, 맞아요. 언젠가는 수면 위로 올라오겠지요. 나 때문에 최강유 전 의원이 살해되었다고 말입니다."

"흐음……."

"아마 이번에 탄핵안이 소추된다면 나는 이 자리를 지킬 수 없을 지도 모릅니다. 지금의 상황을 좀 봐요. 나라가 어지러우면 반드시 탄핵 소리가 나옵니다. 현재 대한민국이 그래요."

"하지만 탄핵을 당할 만한 사람은 당하고 그렇지 않은 사람은 자리를 지킵니다. 그게 대한민국입니다."

한명회는 뜨거운 입김을 불어냈다.

"후우… 그랬으면 오죽 좋겠습니까?"

"각하, 하지만 걱정하지 마십시오. 각하껜 애국자이자 최고의 군인인 강화수 대령이 있지 않습니까?"

그는 미소를 지었다.

"그래요, 그는 강직한 사람이죠. 언젠가는 이 나라를 위해 큰일을 할 겁니다. 내가 보증하지요."

"지금도 충분히 큰일을 하고 있습니다만?"

"하하, 그건 그렇군요."

한명회는 잔을 들었다.

"한 잔 더 합시다. 오늘은 좀 취하고 싶네요."

"좋지요."

두 사람은 집무실에 앉아 연거푸 소주잔을 비워 나갔다.

*   *   *

사냥이 끝난 후, 강유는 대통령 직인이 찍힌 초대장과 대통령 표창을 전달받았다.

서울역 대합실에 앉은 강유에게 대통령 표창장 전달식이 거행되었다.

노숙자들은 바로 며칠 전까지만 해도 거리에서 급식이나 받아먹던 노숙자가 표창을 받자, 어리둥절한 표정을 지었다.

"이게 도대체 무슨 일이람? 거지가 표창장을?"

"쉿, 나라님이 주시는 건데 함부로 거지라는 호칭을 붙이면 되겠어?!"

강유는 자신에게 표창장을 건네는 비서실장을 바라보며 심드렁한 표정을 지었다.

"누가 이딴 표창장 가져다 달라고 했나?"

"…각하께서 주시는 것이 아니고 나라에서 드리는 겁니다. 아마 이것을 받으시면 연금도 나올 테니 그 돈으로 집도 구하시고……"

"큭큭, 이 아저씨가 뭘 잘못 잡수셨나? 내가 돈이나 능력이 없어서 이러고 있는 것으로 보여?"

"그, 그건 아니지만……"

"돈? 그딴 냄새나는 것은 네놈들이나 실컷 처먹어라. 나는 관심 없으니까."

그는 자리에서 일어나 역사를 나선다.

비서실장은 그를 향해 소리쳤다.

"또 어디를 가십니까?!"

"남이사 어디를 가든 무슨 상관이람?"

"그, 그렇긴 하지만……"

"경고하는데, 다시 한 번 나를 따라오면 그때는 청와대를 아예 산산조각 내버릴 줄 알아. 알았나? 군대? 경찰? 그딴 것쯤이야 한 손가락으로 쓸어버릴 수 있으니, 명심하라고."

"……"

비서실장을 비롯한 청와대 경호 팀은 그 어떤 반론도 제기할 수 없었다. 그가 엄포를 놓은 이 모든 말들은 전부 사실이었기 때문이다.

강유는 어슬렁어슬렁 걸어 사라져갔다.

그날 오후, 강유는 남루한 복장을 버리고 깔끔하게 목욕재계를 하였다.

촤락!

목욕탕에 앉은 강유가 때를 밀자, 그 때가 한 바가지나 나와 목욕탕의 배수구를 막아버렸다.

집사가 데리고 온 청년들은 그것을 뚫기 위해 안간힘을 쓰고 있는 중이다.

퍽퍽퍽!

"…무슨 때가 이렇게 무지막지하지? 너무 질겨서 끊어지지도 않아."

"때에 와이어를 심어놓았나?"

투덜거리는 청년들에게 집사가 버럭 소리를 지른다.

"떽! 시끄럽다! 도련님께 그 무슨 말버릇이냐?! 확 잘리고 싶어?!"

"아, 아닙니다!"

집사는 강유의 등을 밀고 그곳을 깔끔하게 비누로 씻어낸 후에 직접 머리를 잘라주었다.

서걱, 서걱⋯⋯.

"요즘 유행하는 헤어스타일이라고 합니다."

"⋯이게? 이게 유행하는 머리라고요? 무슨 버섯머리 같기고 하고⋯⋯."

"옛날에 유행하던 포마드를 사용해서 머리를 만진다고 하더군요. 도련님께 어울릴 것 같아서 공부해 왔습니다."

집사가 만들어놓은 머리는 남자다움을 어필하거나 직장에서 강인함을 어필할 때에 많이 사용하는 이른 바, '포마드 투블럭 컷'이었다.

과거에서 온 강유가 보기엔 이 스타일이 해괴망측할 수도 있겠으나, 유행에 따르라는 그의 가르침을 거스를 수는 없었다.

"뭐, 좋습니다. 이대로 나가시죠."

목욕탕에서 나와 탈의실로 들어선 강유에게 집사는 몸에 딱 맞는 슬림핏 정장을 건넸다.

"입으시죠."

"⋯무슨 정장이 이렇게 꽉 조입니까? 불편해서 숨도 못 쉬겠네요. 치수가 작은 것 같으니 다른 것을……."

"요즘은 그게 유행이라고 하더군요. 밑단도 짧게 올라가야 하고요."

"뭔 말도 안 되는 것이 다 유행이네요."

강유는 양복만큼은 양보할 수가 없었다.

"기왕이면 양복은 제대로 입고 싶습니다. 그래도 아버지의 영전이 인사를 올리는 것인데 말이죠."

"흐음, 그럼 그렇게 하시죠."

잠시 후, 영국 신사들처럼 소매의 길이, 바지의 밑단까지 정확하게 선을 지킨 정통 양장이 전달되었다.

강유는 커프스에 조끼, 넥타이까지 완벽하게 매고서야 만족스러움을 표했다.

"장례도 못 치렀는데 이 정도는……."

"허허, 잘 어울리시는군요. 역시 옷걸이가 좋습니다."

"별말씀을 다 하시네요."

집사의 죽기 전 소원이라는 말에 거지 생활을 청산하긴 했지만 오랜만에 입는 양장이 영 불편한 강유였다.

"어색하군요……."

"허허, 조만간 적응이 되실 겁니다."

그는 강유에게 자동차 스마트키를 건넸다.

"타고 가십시오."

"리모컨?"

"아니요, 자동차 키입니다. 엔진 스타트 버튼만 누르면 알아서 출발하지요."

"그, 그건……."

"나머지는 수행 비서가 알아서 설명해 드릴 겁니다."

목욕탕의 문이 열리면서 금발의 미녀가 들어섰다.

"도련님, 가시지요."

"여, 여긴……."

"남탕이긴 하지만 어차피 사람은 드나들지 않습니다. 집사님의 개인 소유거든요."

"아아!"

집사는 깊이 고개를 숙였다.

"이 노인네의 건강이 좋지 않아서 회장님께 함께 가지 못하는 불충을 용서하십시오."

"그런 말씀이 어디 있습니까? 몸조리 잘 하고 조만간 다시 뵙겠습니다."

"살펴가십시오."

강유는 수행 비서를 따라서 백색 스포츠카가 있는 주차장으로 향했다.

스포츠카는 강유가 다가서자마자 알아서 문을 열었다.

철컥!

"으음······?"

"자동화 시스템입니다. 요즘은 다 이렇습니다."

"그, 그렇군요."

강유가 차에 타자, 그녀가 엔진의 스타트 버튼을 눌렀다.

부아아아앙!

내비게이션은 강유에게 인사말까지 건넸다.

─반갑습니다, 주인님. 설정된 목적지로 모실까요?

"······?"

"그대로 가시면 됩니다. 길 안내는 내비게이션이 알아서 하니 운전만 하시면 될 겁니다."

강유는 그녀와 자동차의 안내에 따라 강원도 태백으로 향했다.

*　　　*　　　*

강원도 태백의 한적한 시골 마을, 이곳에 때 아닌 스포츠카의 굉음이 울려 퍼진다.

부아아아아앙······!

강유는 시골마을의 비탈길을 넘어 나무로 지어진 전원주택을 발견하였다.

─목적지 부근입니다. 계속해서 안내할까요?

"아니, 괜찮아."

―감사합니다.

이윽고 차에서 내린 강유는 연신 고개를 갸웃거린다.

"이봐요, 비서 양반. 이곳은 그냥 집인데, 무슨 산소가 있단 말인가요?"

"산소는 없습니다. 대신, 살아계신 회장님께서 계시지요."

"……?"

잠시 후, 전원주택의 문이 열리며 휠체어를 탄 최필규가 모습을 드러냈다. 그는 강유를 보자마자 눈물을 흘렸다.

"흐으으윽!"

"아, 아버지?"

"강유야!"

"도, 돌아가신 것 아니었어요?"

"흑흑, 아니다! 아니다, 이놈아!"

강유는 고개를 돌려 비서를 바라보았고, 그녀는 슬그머니 자리를 피해주었다.

이윽고 울음을 그친 최필규가 강유의 손을 잡았다.

"강유야, 이 아비가 못나서 네가 죽음의 목전까지 갔다고 들었다. 그래, 얼마나 고생이 많았느냐?"

"…뭘, 이제와서 그런 말씀을 다 하십니까? 다 지난 일인데."

"그래도 부모의 입장에선 그렇지가 않다. 아무리 매정하고 모질게 키웠어도 부자간의 정이 있지 않느냐?"

"……."

강유는 일단 아버지에게 큰절부터 올렸다.

"절 받으세요."

"그래, 그래……."

큰절을 올리고 나자, 최필규가 그에게 말했다.

"일단 들어가서 얘기하자구나. 누가 보겠다."

"누가 보면 안 되는 이유라도 있습니까?"

"…그럼 네 동생이 위험해."

강유는 아버지가 이곳에 숨어 사는 것과 동생의 고군분투가 뭔가 연관성이 있다고 생각했다.

'그래, 사연이 있겠지.'

그는 아버지를 따라서 전원주택 안으로 들어갔다.

『현대 천마록』 7권에 계속…

미러클
테이머

인기영 장편소설

FUSION FANTASTIC STORY

MIRACLE
TAMER

이계로 떨어져 최강, 최고의 테이머가 되었다.
그러나… 남은 것은 지독한 배신뿐.

배신의 끝에서 루아진은 고향, 지구로 되돌아오게 되는데…….
몬스터가 출몰하기 시작한 지구!
그리고 몬스터를 길들일 수 있는 테이머 루아진!
그 둘의 조합은……?

『미러클 테이머』

**바야흐로 시작되는
테이머 루아진과 몬스터들의 알콩달콩한
대파괴의 서사시!!**

Fusic Publishing CHUNGEORAM

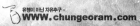

유행이 아닌 자유추구 -
WWW.chungeoram.com

FUSION FANTASTIC STORY

텀블러 장편소설

현대 천마록

천하를 호령하고, 전 무림을 통합한
일월신교의 교주 천하랑.
사람들은 그를 천마, 혹은 혈마대제라고 불렀다.

『현대 천마록』

무공의 끝은 불로불사가 되는 것이라 생각했지만
그로서도 자연의 섭리 앞에선 어쩔 수 없었다!

'그렇게 많은 피를 흘렸음에도 불구하고
죽을 때가 되니 남는 것이 없군그래.'

거듭된 고련 끝에 천하랑의 영혼이
존재하지 않게 된 그 순간
그의 영혼은 현세에서 천마로서 눈을 뜬다!

Book Publishing CHUNGEORAM

유행이 아닌 자유추구 -
WWW.chungeoram.com